現代魔法師
02

本作主角，一名普通的大學生，個性有點優柔寡斷，
但內心充滿正義感。因為一起踩破魔法師結界的意外，
認識漂亮美眉藤原綾後，被挖掘加入魔法界，
自此脫離平凡的宅男生活，邁向神奇刺激的魔法師修行之旅。

阿宅男主人公 陳佐維

賣萌不要錢之督瑪公主

實際年齡不詳，目測約十三、十四歲。
【祖靈之界】裡督瑪族酋長的獨生女，督瑪族的公主。
個性善良且堅強，會照顧弱小的族人。
她肩負國仇家恨，從【祖靈之界】跑到臺中尋找
神劍傳人陳佐維的下落，但初登場時卻是……

本作的女主角，從小生長在魔法世家，是魔法界的小公主。
她個~~性霸~~道很有主見，很注重自己的形象與穿著，
對於魔法界的知識常識也很清楚了解。
因為想要自創結社而接受審核，
卻在考試時意外碰上了陳佐維，兩人的故事就此展開。

傲嬌正牌(?)女主角 **藤原綾**

王約翰（王強）

流浪世界各地的超強魔藥師。
由於藤原美惠子有恩於他，所以只要是美惠子指定的魔藥，他都使命必達。
也很照顧從小看到大的藤原綾。

督瑪BL戰神

督瑪族第一勇士，負責帶兵打仗、守城禦敵、保護公主，是個直線思考的肌肉男，臨場應變能力較弱。
不過交代任務給他是很值得放心的，因為他使命必達！
（附帶一提，BL指的是「部落」的意思，不是那個……嗯，大家知道就好。）

李永然

當代道家唯一「地仙」級的半仙神人，是藤原美惠子的前夫、藤原綾的生父。
個性淡薄名利、隨遇而安，做事情的最高指導原則是道家的「無為而治」。

藤原美惠子

日本人，非常寵溺女兒藤原綾。
是個很有氣質的優雅女人，
試圖振作積弱已久的東方魔法界。

偉銘

陳佐維的大學麻吉，
是個會看人臉色說話的大少爺花花公子。

宅月

陳佐維的大學麻吉，
一個重度動漫遊戲迷的阿宅。

INDEX

魔法師目錄

NO.START

商人和美少女

這是一間位在臺中市美術館附近的咖啡廳。雖然規模不大，但是咖啡豆用料實在，簡餐好吃，服務生態度良好，所以店裡總是高朋滿座，也養出了一票死忠的老顧客。

王約翰就是死忠的老顧客之一。

他出生在臺中，本名王強，後來全家移民到加拿大之後，取了個洋文名字叫約翰。某次出差回來臺灣，經過這間咖啡廳的時候被外面的裝潢吸引，一試成主顧，從此每次回臺灣都一定會來此地。

現在他就坐在二樓靠窗的位置，西裝筆挺，旁邊的空座位上擺著一個公事包。面前桌上擺一杯美式咖啡不加糖，一臺輕薄的蘋果筆電。他低頭把玩著手上哀鳳六代的APP。

他在等人。

今天會出現在這裡，除了想要來喝上一杯懷念的咖啡之外，也是因為跟人約好要在這裡做交易。

只不過，對方遲到了。

在悠閒的咖啡館中，時間彷彿靜止著。不管今天來到這裡有什麼目的，都會被這裡的環境溶化掉，化作寧靜的咖啡香。

這時候，出現一抹快速移動的墨綠色，顯得跟這個環境格格不入。

這是一個穿著墨綠色小禮服、提著名牌包、踩著黑色高跟鞋、梳著公主頭造型的漂亮女孩子，踏進咖啡廳之後向服務生說明她跟人約好後就自己走進來找人。急促的步伐、沒有善意的表情，快速的在咖啡廳裡面移動著，最後終於在二樓窗邊的座位找到她要找的人，也就是王約翰。

女孩的名字叫做藤原綾。

她把王約翰正對面的椅子拉開後坐下，嘴巴噘得高高的，包包丟在旁邊後雙手交叉在發育失敗的胸前，皺著眉頭瞪著眼前的王約翰。

「唔……我怎麼了嗎？」

「哪有人約在這種地方做交易的啦！」

王約翰左看看喝咖啡的悠閒人們，右看看窗外一片和諧的午後景色，笑了笑，把手機放下，拿起咖啡喝了一口，說：「因為我喜歡這裡的咖啡，想推薦給小公主嘛！而且，沒人規定買賣魔藥一定要在陰森詭異的墳場，或者奇怪的地方吧？小公主妳穿這麼漂亮，到時候被墳場的爛泥巴弄髒了不就不好了？」

「我會叫你賠。」藤原綾白了王約翰一眼，問：「媽媽要的貨帶齊沒有？」

「噢，美惠子阿姨的貨我怎麼敢沒帶齊咧！」王約翰笑著表示：「這可是會自砸招牌的事情啊！喏，在拿貨前，先吃看看這個吧！」

說完，王約翰就從公事包裡拿出三個用不同顏色的包裝紙包著的糖果，丟到藤原綾面前，還順便介紹：「紅色那個有提神醒腦、消除疲勞的功效，綠色這個有養顏美容的功效。」

藤原綾聽到可以養顏美容，眼睛稍微一亮，趕緊指著最後一顆糖果問：「那這個藍色的呢？有什麼效果？」

「沒什麼效果，只是特別好吃而已。」

聽到這種答案，藤原綾有點失望，因為她預期會聽到特別的效果——畢竟是魔法糖果。不過她還是把糖果先收了起來。

王約翰看到這一幕，趕緊說：「好吃的話別忘記多捧場耶！會算妳便宜點喔！」

「有效的話再說吧……我們快去拿媽媽的貨吧！你不要跟我說你隨身攜帶喔！」

王約翰搖搖頭，說：「拜託，那種東西我怎麼可能帶來喝咖啡咧！走吧，東西我都放在車上了。」

兩個人離開了咖啡館，來到附近的地下停車場。

找到王約翰的車子後，他打開後車廂。後車廂的空間很大，裡面放有好幾個旅行箱，王約翰提起一個上頭貼著「給美惠子阿姨」紙條的旅行箱出來。放在地上後，他小聲的唸了咒語，解開了皮箱的封印，打開來讓藤原綾確認裡面的材料。

裡面的東西放得很整齊，但還是無損這些東西的噁心。有放在罐子裡面的老鼠頭、雞頭、不知名生物的內臟、半隻青蛙，還有一綑一綑的風乾蝙蝠翅膀、風乾的帶著頭髮的頭蓋骨，一瓶又一瓶的雞血、狗血、不知名動物的血。相較之下，旁邊放著的，用符紙包住的乾草堆，已經是最普通的東西了。

「小公主妳確認一下啊！這些都是我走遍世界各地，橫跨歐亞非三大洲，堅持從最好的產地找到最好的材料採集下來的啊！確認一下有沒有不對的東西。」

藤原綾歪著頭很隨意的看了一眼，就點點頭說：「媽媽說你的貨她很放心，快點把這些東西收起來吧。」

「那真是最高榮譽的稱讚。」王約翰笑著把旅行箱蓋上，用封印術封好後，另外做出一把解封鑰匙，連同旅行箱一起交給藤原綾。

藤原綾把東西收好後，問：「不過我一直想問耶……帶著這些東西，你到底是怎麼通過海關的啊？」

「唔，這個問題當然是有人會幫我解決啦！比方說在臺灣也是有幾個商人有奇怪的收集癖好……就像那個箱子啊！裡面就有黑人處女的左手掌啦、白人女嬰的頭顱等等之類的東西。」王約翰若無其事的說：「每次我要進入某個國家之前，都會找那個國家的這種顧客看有沒有需要，順便請他們幫我搞個可以通過海關的證明咩！妳要不要看一下？很刺激喔！」

藤原綾臉色顯得很難看，搖搖頭說：「我對這個沒有興趣……」

「哈哈……那小公主，沒其他事情的話，我先走啦！幫我跟美惠子阿姨問好，還有感謝妳們一直關照我的生意呢！錢就匯到一樣的戶頭裡就好囉……」

「等等等……等一下！」

「嗯？」

藤原綾打斷了王約翰的話，可是並沒有馬上開口，歪著頭像是在猶豫什麼一樣。過了一會兒，她才說：「那個……你有沒有那種可以增加魔力的藥材啊？」

「嗯，有啊！」王約翰點點頭，說：「看小公主要吃固本培元的保健用品、暫時增加魔力量的作戰型禁藥，或者是強身健體、改善體質的輔助藥材，我都可以馬上開個處方給妳。」

藤原綾一手扠腰，另一手輕輕舉起來，用嘴巴咬著大拇指，皺著眉頭思考半晌後，才問：「如、如果是一個一點魔力都沒有，想要讓他吃了之後可以魔力大增的，要吃哪一種？」

「喔，並沒有這種東西！小公主妳應該知道的，怎麼會問這種問題呢？」王約翰笑著反問：「而且，小公主吃這種藥做什麼？妳的魔力縱使不是最厲害的，但還在成長中，成長幅度我看應該也足夠才是啊！」

「唉唷……不是我要吃的啦！」藤原綾搖搖頭，把剛才的旅行箱拖過來，一屁股坐在上面，說：「這事情說來話長……我就說給你聽吧！我已經脫離【藤原結社】，自己出來成立一個結社了……」

於是，藤原綾就把陳佐維這個人的事情全說了出來，讓王約翰了解事情的來龍去脈。不過講到後來，就變成單純的抱怨了。

「……這個人啊，資質真的是我看過最爛的了！結社成立到現在，他學魔法也學了一個月……一、個、月、耶！就是【藤原結社】裡面最爛的記錄，也頂多用上二十天，就可以測量到基本魔力。可是這個人就是一點魔力都測量不到啊！」

「……他真的很煩耶！很愛故意講我的壞話，或者在他朋友面前說我欺負他！真是，也不想想我為了他到底花多少時間在安排教材啊！只會抱怨我愛唸他、愛生氣，都沒想過自己是不是真的很爛！」

「……很愛講不好笑的笑話，講話也很愛穿插髒話在裡面，很沒水準。房間很髒又不整理！」

「……還有啊！他真的很色耶！上次去【天地之間】的時候啊！看到那乳牛妹的瞬間，雙眼都發直了說！哼！只看人家胸部大就變成這樣！眼光有夠差！明明我就長得比較可愛！」

王約翰已經聽到傻眼了，原本他只是想了解這個陳佐維的基本資料，好抓藥方來調配魔藥，結果聽到現在，卻好像在聽一個小女生抱怨自己男朋友這不好、那不好的。聽到他都懷疑眼前這女孩子到底是不是他認識的藤原綾了。

他忍不住笑了起來。

「夠了夠了，小公主妳【天地之間】的乳牛事件已經講八次了，我大概知道他很色，妳也很討厭他了。」

藤原綾講到興起突然被打斷，她愣了一下，才驚覺自己不知不覺中已經講了一大堆，突然覺得有點害羞，搖搖頭說：「其、其實還好啦……他，有時候也很可愛。」

「嗯，我想也是。討厭他的話，應該不會把人家觀察得這麼仔細，是吧？」王約翰笑著調侃藤原綾說：「我們魔法界小公主，看來是談戀愛啦！這樣我可能會噗啊——」

話才說到一半，王約翰就被藤原綾的鐵拳制裁了！

藤原綾氣急敗壞、羞紅著臉說：「你、你說什麼東西啦！不准亂說話啦！想死一次試試看嗎？」

王約翰揉著臉頰，笑著說：「好啦好啦……我不亂講就是了……說正經的好了。妳有很認真的教他魔法，或者該說是五行拳，對吧？」

其實由於軒轅劍的關係，這五行拳已經被藤原綾改編成「五行劍法」了。不過，講五行劍法怕人家聽不懂，所以還是跟王約翰說是五行拳。

「那當然！他是我的搭檔！我可不想有個拖油瓶扯我後腿啊！」

「嗯……所以我想一下，這五行拳就是跟五行元素有關嘛……那吃中藥，妳覺得怎麼樣？我等等幫妳開個藥方，妳到中藥行去抓藥，回去燉給那個陳佐維吃就好了。」

「中藥？呃……我不懂耶，中藥吃了會有用嗎？」

「怎麼沒用？妳以為冬蟲夏草是什麼？千年人參、百年靈芝又是什麼？當然啦，現在這種藥材一般中藥行是不可能有，不過我盡量用效果相當的材料幫妳開藥方，妳回去煮的時候再用點魔法加強，絕對是事半功倍喔！」

藤原綾點點頭，說：「嗯，的確，我的陰陽道魔法應該會對他有幫助。」

「不是，是更簡單的魔法。」

「那是什麼？」

「用妳小公主的愛去煮噗啊——」

才剛說完，他馬上又被藤原綾的鐵拳制裁了。

由於怕再講下去可能會被揍死，所以王約翰也不敢多說幾句來調侃這個喜歡用生氣掩蓋害羞的小公主，乖乖的把藥方開完後，連同燉煮的方法一起交給藤原綾。

「聽好喔，妳去抓這些藥的時候，如果是比較厲害或者比較有良心的藥師，一定會跟妳說這些藥方一起吃會吃出問題。妳不要理他們說的，堅持要這個就對了。然後啊，要是他們建議妳煮的時間還有水要放多少，妳也當他們放屁，知道嗎？」

「嗯，我知道。」藤原綾點點頭，把藥方和食譜收下。

「啊對了，煮的時候可以放點冰糖、紅棗，會比較好吃一點。妳也不希望用愛煮出來的東西被他吐出來吧？」

由於王約翰這次緊抓著藤原綾的手，不讓她有機會揍自己，所以藤原綾縱使臉紅到想把王約翰揍到連他媽都認不出來，她還是沒辦法出手，只能點點頭。

「或者我可以教妳比吃藥還有用的增強魔力的練功方式，這絕對適合小公主。」

「真的有？」藤原綾一聽到有比吃藥更有用的方式，眼睛都亮了起來。這倒不是她有多希望陳佐維可以快速成長，而是因為她不會煮飯，沒進過廚房當然也就不可能會燉藥的關係。

她追問：「你快說啊！」

「那妳不可以扁我。」

「說！」

「妳知道道教的『房中術』吧？那個就很適合情侶練功哎呀啊啊啊啊啊……」

地下停車場內，發出了男人淒慘的叫聲，但男人被揍的原因，絕對不只是因為女孩子討厭道教而已……

NO.001

臺中市值得——更高級的妖魔吧？

自從我加入魔法界，跟藤原綾一起攜手創立了魔法結社【神劍除靈事務所】之後，手持魔法界上古十大傳說神兵之首．軒轅劍的我，就在大小斬妖除魔的任務委託中，屢建奇功，戰無不勝。

很快的，我就從一個沒沒無聞的魔法師見習生，變成一個無人不知、無處不曉的大魔法師。而我們結社，或者該說我跟藤原綾這對除靈搭檔，也在業界中成為最炙手可熱的新人組合。

這天，我和藤原綾來到一座我也不知道它叫什麼的山上，詳細原因是什麼我也不曉得，怎麼來的我也不清楚，反正就是在這裡，有個危害無辜登山客許久的大山妖要解決。

在藤原綾的 GPS 衛星定位找怪術作用下，我們很快就找到了妖怪的本體。牠是一隻有三個頭、尾巴和四肢都噴出火焰的大黑狗。一看就知道是大名鼎鼎的地獄看門犬．賽伯拉斯。

在臺灣怎麼會有賽伯拉斯這個問題我們就不要追究了，反正在知道牠是我們這次事件要解決的妖怪後，藤原綾立刻拿出三張畫滿咒文的符紙，衝上去對著賽伯拉斯就是一陣亂貼，然後找機會跳到一邊去，用她那五音不全的歌聲吟唱出《五行元素歌》。

我不知道她在唱什麼歌詞；雖然以前都聽得很清楚，但是這次她咬字跟含著滷蛋說話有異曲同工之妙，讓我完全聽不懂她在唱什麼，可能是想說改用 RAP 的方式來呈現，讓陰陽道的千年傳統能有全新感受。

果不其然，效果不彰，產生的五行元素攻擊對賽伯拉斯一點效果都沒有！

賽伯拉斯四腳發力，一個跳躍飛身就飛到藤原綾的面前，然後左、中、右三個頭同時張開大嘴，露出銳利的尖牙以及接近無敵的口臭，噴出億萬火焰想把藤原綾燒死！

說時遲、那時快，就在這驚險萬分的時刻，一道人影閃電般從旁邊竄出，左手摟住藤原綾的腰，右手揮劍擋掉了賽伯拉斯的火焰，再一個漂亮的翻身飛躍，如同蝴蝶般翩翩飛舞，輕鬆自在的降落在一旁。

這個帥氣到亂七八糟的人，正是小弟我本人。

「又、又讓你救了。」藤原綾在我懷裡，有點不服氣的說著。但是不知道為什麼，在說這話的時候，她的臉有點紅。

我微微一笑，把她輕輕的放開。她臉上還出現了失望的表情。

「交給我吧，就跟以前一樣。」

說完，我轉身就要去解決賽伯拉斯。可是我才剛轉身，藤原綾又拉住我的手。

「要小心……知道嗎？」藤原綾說，臉上滿滿的擔憂。

我又對她笑了一下，輕輕的摸了她哀愁的臉蛋一把，「別擔心，我不會讓妳失望。」

說完，我轉頭看著賽伯拉斯，露出輕蔑的笑容，說：「因為我，以及我的軒轅劍，還沒有輸過！啊咑！看招！」

最後，就在大帥哥陳佐維的奮鬥之下，輕鬆的解決了賽伯拉斯，解決了眾多無辜登山客的危險。和平的一天又過去了！這都要感謝飛天小女……呃嗯，我是說，這都要感謝大帥哥陳佐維。

解決了賽伯拉斯，我們來到藤原家領解決任務的獎賞。

美惠子阿姨笑咪咪的說：「啊啦啊啦～佐維，你們兩個人最近一個月來，已經連續解決兩千多個案件了。世界的和平還真的都靠你們了呢！」

我輕輕一撥瀏海，笑著對美惠子阿姨說：「哼，鏟奸除惡，維護世界和平是我們每個魔法師都要做的事情，對我來說不過只是做好分內之事罷了，每逢國定假日我還多做幾次呢！美惠子阿姨，這些客套話就省著吧！趕緊把任務獎勵發一發，我和小綾還得趕去紐約解決八爪博士咧！」

「真是有上進心呢！那我就宣布獎勵啦！」美惠子阿姨笑得更燦爛，說：「呵呵，這次任務的獎勵就是……我決定同意你跟小綾的婚事了！」

聽見這個突然宣布的好消息，藤原綾的頭就低了下去，小手緊緊拉著我的衣襬。看不清楚臉，但從紅通通的耳根子來猜測，八成臉頰已經燙到可以煎蛋了。

「你……以後要對人家好點喔……」藤原綾小聲的說著。

看著藤原綾此刻的表現，想到我們交往的過程，我突然有種這一切都值了的感覺。但是邪惡還未除盡，我的使命與責任還沒完成，我怎麼可以在這個時候自私的跟自己深愛的人結婚呢？

地藏王菩薩都說過，地獄不空，誓不成佛啊！

於是我斷然的撥掉拉住我衣襬的手，對著美惠子阿姨說：「美惠子阿姨，很抱歉！邪惡一日未除，我就不可以因為私人事務分心。而且現在的我對於妖魔來說，是恨不得除之而後快的人物，要是因此連累了小綾，我更是會一輩子愧疚。」

說完，我再轉頭面對淚流滿面的藤原綾，雙手搭著她的肩膀，說：「對不起，我知道妳對我的感情，我也真的很愛妳。可是只要這個世界還有邪惡的一天，我就不可以娶妳。妳能懂我，對吧？唉，妳也別太難過！我先走了，再見。」

再度說完，我放開藤原綾，然後轉身往門口走。一人一劍，孤獨的走在除魔之路上，相信這背影鐵定帥氣到爆炸。

「你給我回來！」

藤原綾的哭喊聲從我背後傳來，這讓我實在舉步維艱。但是為了正義，我相信我的選擇是正確的。

「陳佐維！你竟然敢不娶我，你給我去死一死吧！」

藤原綾喊完後，突然就衝過來一腳把我踢飛！

……然後，我就在床上醒了過來。

「唔嗯……」

我坐了起來，抓抓頭，東看西看。我是在我的房間、我的床上醒過來的。仔細想想，我是來睡午覺，剛才的一切，其實都是夢。

「好恐怖……好險是夢……」我搖搖頭，閉上眼睛回想剛才夢裡的一切，然後不禁打了個冷顫，「不然這實在太慘了……我怎麼可能會對藤原綾說那種話咧……」

⊕⊕⊕　⊕⊕⊕

我的名字叫做「陳佐維」，是個在臺中東海大學唸書的大學二年級生。一個月前還在放暑假的時候，我碰到了一個叫做「藤原綾」的魔法師，然後就踏入了魔法界。算算，我踏入魔法界也已經一個月了。

我跟藤原綾在她媽媽「藤原美惠子」的要求下，成立了一個新的魔法結社，叫做【神劍除靈事務所】。之所以會叫這個名字，是因為在通過結社審核的時候，我莫名其妙的成為了神劍．軒轅劍的主人。因此，為了要有個響噹噹的名稱，就把神劍拿來當作結社的名字，同時當作我們結社主打的賣點。

是的，是「賣點」。

大家要知道，咱們魔法師這行呢，其實非常的競爭！牌子越老，生意通常越好。因此，有個跟別人不一樣的特色，是很重要的生意手段。

我手中這把軒轅劍可以說是大名鼎鼎，頂港有名聲、下港尚出名啊！不管小說、漫畫、電視劇，甚至還有同名的電腦角色扮演遊戲，軒轅劍可以說是風靡整個華人文創圈的最強神兵，就連倚天劍和屠龍刀都沒這麼嗆辣啊！

在魔法界也是一樣，整個東方魔法界最古老、最強、最傳說、最神秘的神兵，可以說就是這把軒轅劍。現在有這麼大的一個活廣告不拿來打，你要是負責公司的行銷，信不信我第一個就把你給Fire掉啊！

也因此，為了要讓我們這個賣點不只是廣告，不會到時候接委託出任務的時候，只能跟客人說「軒轅劍乃廣告效果，詳細情況以實際內容為主」或者「軒轅劍投資有賺有賠，使用前請詳閱商品說明書」之類的臺詞，在結社確定要用軒轅劍當主打之後，藤原綾對我的訓練又有了一次的變化。

原本我是學習五行拳的，搭配藤原綾的陰陽道，這上中二路的攻勢可說是毫無破綻。可是有軒轅劍不用就是白痴，所以藤原綾就要我把五行拳的要訣應用到劍法上，搞出個千年傳統全新感受的五行劍法來。

另外，由於結社會跟其他結社有接觸，所以還要學習各種魔法的因緣，也就是之前在結社審核中筆試要考的那些魔學常識的內容；最後，還得練習最基本的，也就是使用魔法絕對少不了的魔力。

一項一項來說好了，先講五行劍法。

這五行劍法說起來簡單，練起來卻頗有難度。

原本的五行拳套路並不複雜，不管是劈拳，還是鑽拳、崩拳、炮拳或者橫拳，都有固定的步法、心訣和套路，難是難在這拳法的變化必須配合五行元素相生相剋的邏輯。

然而，變成劍法後，只是手上多一把劍，這原本的拳法套路就變得亂七八糟了。不說別的，光是轉個身自己都會被劍砍中啊！要不是因為軒轅劍鑄好到現在已經擺了四千七百年，早就過了保鮮期，超級鈍的，我八成會在練劍法的時候就先把自己劈倒啊！單是一個基本的金行劈拳轉為金行劈擊，我就跌倒好幾次，更甭提後續的連環變化了。

「出師未捷身先死，長使英雄淚滿襟」這兩句話，絕對不會是用在形容那種會在自己練劍的時候跌死的笨蛋啊！

劍法練不好那就算了，起碼它的口訣好背，五行元素相生相剋表也比化學元素週期表好記，甚至練劍的過程還可以當作運動，對身體還算有幫助。可是接下來要學習各種魔法的因緣、魔法世界的運作和魔法常識，就真的很令人頭大了。

你知道古今中外有多少魔法結社、系統嗎？檯面上光是叫得出名堂來的，東方就有道教、儒教、墨派、陰陽道、神道等等，西方就有十字教、薩滿教、居爾特魔法、如尼魔法、所羅門王的七十二柱魔神等等。這還只是大方向，小方向就更多，光是道教就分三清、茅山、鳳陽、一貫等等，更不用說其他東西。

這些東西之外，還有《魔藥常識》、《魔法生物理論》、《非人種族簡介》等等，光是書本的目錄就快要兩百頁！扯到你光看書的厚度就想吐，還會懷疑拿槍來對著這書射擊，到底能不能打穿？

不過，這些理論上的東西不懂倒也無所謂，反正掛社長職務的人其實是藤原綾而不是我，我只要到時候別亂說話就不會死掉了。

但是，最後這個魔力開發訓練，就真的是不會不行了。

說真的，一個月下來，劍法慢慢摸，就算進步幅度不大，我還不至於什麼都不會；理論慢慢記，即使腦子容量不多，我也不至於什麼都忘光。可是這魔力慢慢開發，一個月下來，我的進步卻是零。

沒錯，一點魔力都沒進展的「零」。

練魔力的方法很簡單，很像是武俠小說裡面練內功的方式一樣。比較講究的，還可以配合打坐、冥想，不然一般在吃飯、走路、呼吸、睡覺中，只要使用正確的方式，就都可以練。

可是簡單歸簡單，我練了一個月，就是什麼鬼都練不出來。

其實我自己對這種情況感覺很灰心，可是我也希望自己可以趕緊把魔力練出來，早點成為真正厲害的魔法師啊！難怪我會做那種自己變得很厲害的夢了，這就是人家說的日有所思、夜有所夢吧？

嗯……總之，說這麼多廢話，我只是要講我睡了一個午覺醒來就是了。

在暑修結束之後、學校開學之前，還有一個禮拜多的休閒時間。宅月趁著這個機會回他高雄的老家了，偉銘則是回臺北。

三人組缺二的情況之下，我也沒啥機會可以偷懶不練功，幾乎是成天都跟藤原綾形影不離的一起行動。

今天有這個機會可以睡午覺，是因為藤原綾去幫她媽採買魔藥。

說實在話，美惠子阿姨大概有在我家裝針孔，只要我一段時間沒有好好休息，就會出些任務交給藤原綾處理，讓我可以偷懶一下。

不過，既然午覺也睡了，懶也偷了，這功還是得練。於是我扛著擺在房間的那把軒轅劍走出房間，打算要離開家裡去屋頂練劍。可我才剛走出房間門口，就聽到有人打開大門的聲音。

果然，就是這麼巧，藤原綾大小姐回來了。她提著一大包塑膠袋，不知道裡面裝的是什麼，但是根據她今天出門的理由來推斷，我可以合理的認為裡面裝的應該是魔藥。

「現在才要去練功？」

一看到我扛著軒轅劍，滿臉剛睡醒的樣子，藤原綾臉色一沉，不太滿意的說：「哼！整天都在家裡幹什麼去了？八成又是跟你那幾個爛朋友玩什麼死宅魔獸世界吧？」

「靠！我的朋友就爛朋友，妳的朋友比較新鮮就是了？妳朋友一斤多少錢啊？」我很無奈的回嘴，「唉唷，不是跟人玩啦！呃，是有玩一下，不過後來我都在睡午覺啦！」

「還不是一樣在浪費時間？」

一看藤原綾又要發飆，我趕緊陪笑臉說：「唉唷，我可是有遵照藤原綾大人所傳授的方式睡覺，在睡眠中幫助學習，不算浪費時間啦！」

藤原綾搖搖頭，給了我一個白眼，說：「好啦好啦，趁吃飯前還有點時間，你快點去練劍啦！真是的。」

「嗯，收到！呃，不過，妳今天不打算跟我一起去練嗎？」我問。

「呃嗯……」藤原綾愣了一下，把手上提著的袋子往身後帶，別過頭去說：「我、我還有事情要忙！而、而且也不想想，你的劍法爛到我看到都想哭了，哼！多看多傷眼啊！快給本小姐滾上樓去練劍啦！快滾快滾！」

我抓抓頭，點點頭就繞過她出門上樓去練劍了。

其實說真的，我是真的很想練會劍法與魔法，所以，雖然這些劍法的基本動作很醜也很難，我還是很認真的在練習著。

練習的時候夠專心，時間就在不知不覺中度過。感覺我才上頂樓沒一下子，藤原綾就叫人上來把我找下樓去開飯了。

當我回到家中的時候，聞到一股濃濃的中藥香味。這股味道非常的強烈而且刺鼻，讓人有種衝動想要立刻逃離家中。

藤原綾已經坐在餐桌邊吃便當了，在她身邊擺著另一個便當，是留給我的。我很佩服藤原綾在這種環境下還可以神色自若的用餐啊！

走到她身邊坐下，我皺著眉頭問：「喂，妳剛剛在家裡弄什麼啊？」

藤原綾吃飯吃到一半，聽到我這個問題動作就突然暫停。接著把筷子慢慢放下，用那種殺人魔一般的凶狠眼神瞪了我一眼，我就知道自己的這個問題問得不對，只好閉上嘴巴，默默的把飯吃掉。

我真感謝上帝、女媧或者誰，在造人的時候有把嗅覺疲勞順便製造進來。這味道聞久了好像比較沒那麼難聞了。也因為這樣，我才可以把那盒便當吃完。

吃飽之後，我把兩個空便當盒收好拿去丟掉，然後準備回房間玩電腦遊戲。這是藤原綾特別允許的，用餐完可以休息一個小時。但是我才剛剛打開房間門，藤原綾就把我叫回餐廳。

「幹嘛啊？」我不明就裡的問。

藤原綾沒回答我這個問題，而是走進廚房，端出一碗冒著白煙和泡泡的不明物質走出來，擱在我面前，要我把它喝完。

「……呃……What´s this?」

這是什麼鬼東西？黑得比醬油還黑，稠得比芝麻糊還稠！不停發出中藥刺鼻香味的元凶就是這玩意兒啊！這種不明物質妳要我喝掉？我是問What´s this而不是問What the fuck！妳該感謝我最近脾氣好很多啊！

「這、這是，這是我用、用……用魔法幫你煮出來的魔藥啦！」藤原綾把臉別了過去，看來可能是心虛，「喝、喝就對了啦！對你有好處啦！」

幹！妳這樣講誰會信啊！分明就是妳終於受不了我資質太爛、魔力開發不出來，所以今天早上去跟魔藥商人買來滅我口的毒藥吧？不然妳為啥不敢看著我說清楚啊啊啊啊！

我皺著眉頭，用一種在看外星生物的表情看著那碗擱在桌上的瀝青——對，我真的覺得用瀝青來形容比說它是魔藥還合適。再轉頭看看依舊把臉撇向別邊，可是偶爾會用眼角餘光偷瞄我的藤原綾。

就這麼來回看了好幾次之後，我又問：「……我記得妳好像……不會煮飯吧？」

這一個月相處下來，美惠子阿姨當初那句「小綾什麼都不會喔！」還真的一點誇飾都沒有。她可是那種垃圾擺在她面前，她連彎腰去撿然後拿去垃圾桶丟都懶惰的女人，更不用說會去掃地洗衣，也當然不用提煮飯這種高級技能了！要不然我幹嘛一個月都吃便當？用我之前肚子上那個該死的傷口去嗆她，逼她每天煮吃的餵我就好了啊！

現在這一個月——不，搞不好是一輩子——沒下過廚房、煮過飯的女人，突然說為了我好，下廚房煮了這麼一碗跟周星馳電影《九品芝麻官》裡面，那摻了一斤砒霜的芝麻糊一樣的不明物質出來要我喝下去，還心虛到在講這些話的時候不敢看著我說，鬼才會喝下去啊！

藤原綾看我一直猶豫，就轉過來坐到我面前，把那碗根本就是電影《蜘蛛人3》裡面出現的外星寄生生物的濃稠魔藥端起來，漲紅著臉，瞪著我說：「我、我跟你說啊！這是因為我今天跟魔藥商人說，有個笨蛋魔力開發不出來，希望他可以調配魔藥來幫忙；其實我也不抱期望啦！只是很剛好，剛好他有藥方！然後，很巧的……本小姐剛好有時間可以幫你用、用魔法煮出來！你、你要整碗喝掉！敢剩下來……你就死定了！」

我看著藤原綾，又看著她手中的魔藥，不知道為什麼，覺得這麼認真的在講奇怪理由的她很可愛。

我搖搖頭，苦笑著問：「真的對我有用？」

「那、那當然了！你喝完之後去房間打坐冥想，就知道效果了啦！」

我點點頭，接過那碗在各大電影都可能有客串過的魔藥，深呼吸一口氣之後，張嘴灌了一大口下去。

這東西聞起來刺鼻，入口之後更是奇臭超苦，口感又無敵詭異，大概比喝穩潔還慘啊！想說在嘴巴裡面停太久很難過要趕緊嚥下去，結果嚥下去後這痛苦指數又向上翻了兩翻！就好像一口又臭又苦又燙的濃痰，順著你的食道慢慢往下滑。

因為它濃稠到根本就快要變成果凍，所以這種慢慢往下滑的感覺，還一度慢到我以為自己會被這魔藥噎死。

「嗚……」我趕緊摀住嘴巴，雙眼瞪大，拚命忍住不要吐出來。

倒是始作俑者藤原綾還很不要臉的追問：「怎、怎麼樣？好喝嗎？好喝吧？有效果吧？」

那股熱流直通到我的肚子裡，然後就像是爆炸一樣的炸開！

我感覺胃裡一陣翻騰，立即把碗放回桌上，直奔廁所，打開馬桶蓋後抱著馬桶就是一陣狂嘔……

等我再度有意識的時候，我是躺在醫院的病床上醒來的。

根據醫生檢查的結果，是我亂服用不明中藥，藥性在我體內碰撞引發的多重器官衰竭，差點就死掉了。

好吧，在我醒來之後，看到藤原綾還坐在床邊，趴在我身邊睡著了，是有感到一點安慰。起碼我知道她不是故意要殺死我的，應該是不小心的。但是如果以後她還要煮飯給我吃，我大概死也不會再嘗試了。

⊕⊕⊕　　⊕⊕⊕

這天晚上，藤原綾很委屈的跟我表示她不是故意的，還解釋了老半天。她說她真的是按照那該死的魔藥商人開的藥方弄給我吃的，那些藥材是針對體內五行金水木火土來調整的藥方，加上我已經學過的五行拳法，還有她的陰陽道，應該是可以達到輔助開發魔力的效果。

可是會變成現在這樣，她真的不知道為什麼。

她說到聲淚俱下，搞得好像我吃了會死掉其實都是我的錯一樣，叫我不原諒她都不行啊！雖然在我原諒她之後，她馬上恢復正常，感覺她又是在裝哭讓我有點肚爛，可是既然已經沒事了，我也就不跟她追究了。

出院之後，美惠子阿姨把我們找了過去。

發生這麼大的事情，藤原綾當然是被美惠子阿姨訓得很慘。不過訓完藤原綾之後，她倒是說清楚這次找我們來的目的了。

「唉……小綾妳下次真的要注意點啊！」美惠子阿姨搖搖頭，說：「好啦好啦，這次找你們來不是訓話；只是想跟你們說，你們結社成立到現在已經一個月了，這一個月都沒有跟【組織】申請任務競標，這可不是好事啊！我知道小綾妳求好心切，想說等佐維學好魔法之後再來接受挑戰……只不過，藉由實戰這種生死交關的經驗，也有可能會激發出他的潛力不是嗎？」

藤原綾沒有回嘴，只是點點頭表示贊同。

看我和藤原綾都沒說話，美惠子阿姨接著說下去：「好啦好啦！我這裡有個即將要開放出去給大家競標的任務，我自己是認為還滿適合你們的，就直接交給你們去處理了，好嗎？」

我看了看藤原綾，她嘴巴打開了又閉起來，似乎想要說些什麼的樣子；但還是什麼都沒有說，點點頭同意了美惠子阿姨的建議。至於我，就更不用說了，根本沒有表達意見的空間啊！

「好啦！那我宣布啦！【神劍除靈事務所】正式標下了『土地公失蹤事件』。這個任務呢，主要只是想讓你們去調查一下一些事情而已。前陣子，管理附近山上的土地公不知道是什麼原因失蹤了，你們去把祂跑掉的原因調查清楚，了解了嗎？」

藤原綾點點頭，有點不甘願的說：「我知道了……我們會儘快完成這個任務。」

「也不用儘快啦！」美惠子阿姨笑著說：「這種事情可大可小，比這更嚴重的事情我已經分派給別的結社去做了。媽媽知道妳在擔心佐維的身體情況可能撐不住，所以妳先陪佐維療傷，身體好了再去處理就行了。」

聽到美惠子阿姨這樣說，藤原綾突然臉紅了起來。

她氣急敗壞的指著我對美惠子阿姨說：「我、我幹嘛擔心他啊！是他自己身體太爛，喝個魔藥就變成這樣……唔！哼！我說會儘快就是儘快啦！哼！媽媽再見！」

離開了藤原家，回到自己家裡，藤原綾就把我推進我的房間，一路將我推到床上去叫我躺好。

我很好奇的看著她，問：「幹嘛啊？」

「囉嗦啦！聽好了！是媽媽認為你身體傷勢太嚴重，出任務會撐不住啊！雖然我自己一個人就可以解決這個問題了啦！不過還是等你身體好點我們再去處理。你就給我快點好起來，知道嗎？」

藤原綾雙手扠腰，彎腰瞪著躺在床上的我。

從這角度，我剛好可以從她的領口看到她衣服裡面胸前的悲劇，一看我就覺得很尷尬。且因為怕被她發現我看到她的悲劇而導致我自己發生悲劇，我只好趕緊把臉轉開，點點頭說：「知道了啦……」

⊕⊕⊕　　⊕⊕⊕

於是，我在被藤原綾威脅的情況之下，被迫休息了兩天。

這兩天，來自美惠子阿姨的關心特多。一下子藤原綾拿著什麼補氣人參過來說是她媽媽弄來要給我吃的，一下子藤原綾說她媽媽認為老是吃外食不好，所以特地煮了幾道菜給我們吃。

反正不管怎樣，藤原綾只要出現在我身邊，噓寒問暖端湯上菜，全部都是來自她老母的美意，跟她本人一點關係都沒有。估計美惠子阿姨大概只差沒叫她女兒陪我睡覺跟幫我洗澡，其他能想得到的幾乎都有了。

而且，她老母煮的飯真的特難吃啊！難道說之前在她家吃的飯，其實都是請廚師到府外燴的嗎？

這麼調養身體兩天後，我體內的五行元素終於恢復平衡。

不過我身體復原這件事對藤原綾來說，好像沒有很高興的感覺，因為她一直在碎碎唸說要不是因為我身體太爛，早就該出發去解決任務了。雖然是遲了兩天，我們終於出發要去解決這土地公失蹤事件了。

只是也真巧，我還記得我夢到的是去山上解決妖魔鬼怪，沒想到現實還真的要去山上解決委託耶！

在路上，我問藤原綾這次任務的一些基礎知識。畢竟雖然土地公這名字耳熟能詳，可是魔法界的土地公也許會有不同的解釋。

根據藤原綾的說法，土地公是最親近人民的神明，屬於道教最低階級的神明之一。但是土地公並不是這個神的名字，比較像是階級，跟城隍爺一樣。

每個年代的土地公「正神」都不同，現在這個年代的土地公正神是福德正神張福德，管轄臺灣各地的小土地公們。用個比較好理解的形容詞來解釋，正神就像是組長一般的等級，至於全臺灣各地大大小小加起來超過五百尊的土地公，統統都是祂那個小組裡面的業務人員。

這些業務人員都是以前過往的先人，在陰間通過嚴格的專業訓練，並且考過國家考試後出來的菁英分子。不過，有個官幹了之後就多少會有神出現官僚心態，這也就是為啥有些廟很靈驗、有些廟不怎麼靈驗的原因。

「喔……所以土地公落跑算很嚴重嗎？」我問。

「還好。土地公影響當地信徒的祈願靈驗度和風水，一旦跑掉，首先就是信徒的祈願會不靈驗了；但是這也沒啥了不起，反正不靈比靈驗的時候還多，一般人不會注意到。接著氣場會開始改變，然後風水也會變得比較差。就好比有些地方曾經很繁榮，但是卻因為不知名的原因突然沒落了，這就可能是當地土地公跑掉的影響。」

這種情況還真的是時有耳聞，我一直以為商圈會沒落可能都跟都市開發計畫有關，沒想到原來也可以跟土地公扯上關係。看來哪天只需要把土地公重新請回北市圓環，市長的圓環玻璃蚊子館可能就又會繁榮起來了。

「那為什麼土地公會落跑啊？」我又問，畢竟這才是我們這次任務的重點。

「很多原因都有可能。」藤原綾聳聳肩，說：「比方說靈脈枯竭、人口外移、都市計畫變更。或者比較常見的是土地公交接失敗，以及惡鬼入侵。」

「惡、惡鬼入侵？」我抓抓頭，說：「土地公打不贏惡鬼喔？」

「嗯，是的。其實也不見得啦！土地公的修為通常都不是很厲害，就算厲害也不是厲害在打架上面，所以被覬覦靈脈的惡鬼打跑，也滿常見的。」

我點點頭，說：「是喔……那我們這次有可能會碰上惡鬼嗎？」

「有可能吧！不過碰上就碰上，收掉就是了。」藤原綾一派輕鬆的表示：「而且這種情況反而是好事。假設真的是被惡鬼打跑，那我們只要收掉惡鬼，再把土地公重新請回來，這事情就真的是完美解決，搞不好還可以藉機跟媽媽多撈一筆報酬呢！」

「喔……我還有一個問題。」

藤原綾白了我一眼，說：「你問題很多耶！平常不是老叫你要學習魔法常識嗎？書都唸到哪去了？」

「唔，我就還沒唸到土地公的章節咩……唉唷，這是最後一個問題了啦！」我苦笑著說：「我只是想說……我記得妳媽媽跟妳都很討厭道教，可是這土地公明明就是道教的神明，為啥妳們還要幫道教處理啊？」

藤原綾嘆了口氣，有點無奈的說：「沒辦法，這就是魔法師。」

這句話很無奈，但也真的是最佳解答。

在藤原綾跟我對話的同時，車子也一路開到案發地點的土地公廟。下車進廟裡去參觀，感覺這裡還是香火鼎盛。桌上有貢品，有香油錢，還有一、兩個參拜的信徒在廟後面燒金紙，一點都看不出來這裡的土地公已經跑了。

雖然我看不出來，不過藤原綾倒是看出來了，一下車就很肯定的說這裡已經沒有土地公了。她是沒講怎看出來的，我也沒問就是了。

她廟裡廟外走來走去，一整個很忙碌的樣子。看了老半天，她突然跑回車上，從她的香奈爾包包裡面拿出五張「五行靈運符」，在廟的四個角落以及正中間各貼上一張後，又回到車上坐了。

我在車外面看她這樣忙進忙出，好半天看不出個所以然來，就跟著坐進車內，問她到底是在幹嘛。

「確認氣場還有靈脈走向。」藤原綾露出勝利的微笑，說：「我確認過了，這裡土地公跑掉的原因絕對是惡鬼入侵，因為這裡的靈脈還很旺盛；氣場雖然是有點不穩定，但是還算可以預測，廟裡面的行事曆也沒有土地公交接的日程。重點是，我感覺到妖孽的氣息。」

「喔喔，所以妳現在笑，是在想說可以敲妳媽一筆竹槓了喔？」

藤原綾白了我一眼，說：「什麼敲竹槓有夠難聽的，是我認為我們可以順利漂亮的完成這個任務啦！哼！」

其實我覺得我的說法比較符合她的心境，可是既然她堅持不是，那我也只能說社長英明。於是我轉移話題，問：「那我們現在要幹嘛？」

「等啊！」藤原綾說：「等惡鬼出現。」

「靠！等它出現要等到晚上喔？現在才中午耶！」

「不用等這麼久。」藤原綾搖搖頭，說：「下午一點到三點這個時刻，是白天陽氣最衰弱的時候，也是西方魔法界所說的惡魔的時間。這時候惡鬼就會現身了。」

我是第一次聽說這種說法啦……可是既然藤原綾都這麼說了，那應該不會錯，因為社長英明。

藤原綾說完之後，便閉上眼睛說要休息一下，叫我要是有動靜就把她叫醒。可是我也不知道怎樣叫做「有動靜」，所以死命的盯著車窗外，打定主意只要有風吹草動，就把藤原綾吵醒。

時間一下子來到下午一點，也就是藤原綾所說的，惡魔的時間。我的情緒開始進入混濁的狀態，那是興奮，或是緊張，我分不出來。

就在這個時候，我以為已經睡死掉的藤原綾突然有了動作。她立刻打開車門，下車朝著廟裡的方向衝進去。我也趕緊下車，從後車廂裡拿出我的軒轅劍，跟在藤原綾身後衝了進去。

結果我一衝進廟裡，看到的那個可以打跑土地公的妖魔，竟然跟我第一次碰到藤原綾的時候，出現的那隻白色猴子一模一樣！

靠！這猴子是領多少通告費啊？這麼愛發牠上節目幹嘛啊？大臺中值得更高級的妖魔吧？好歹都升格成直轄市了耶！

抱怨歸抱怨，藤原綾跟那猴子倒是已經打得火熱起來。就看她左鑽右閃，靈活的在猴子身邊繞來繞去。其實她的體力和體能沒有這麼好，現在所展現出來的是陰陽道中的「五星步法」，按照金、水、木、火、土配置的五芒星位置踏出的步法，是她用來找敵人空隙趁機偷凹人家血的賤招之一。

……呃嗯，我是說妙招之一。

她那邊打得火熱，我也沒有閒著，提著軒轅劍就往那猴子的方向衝了過去。

其實看到是這猴子，我心裡的壓力反而少了很多。因為不是第一次看到了，大家都這麼熟了不是？所以我衝出去的時候，心裡面只想著要如何劈倒牠，對自己也充滿了信心——也就是這個世界上最簡單的催眠術。

我找到五芒星中屬於「金」行的位置切入，藤原綾則是趁機跳出五芒星。接著我手起劍落，使用五行劍法中的金行劈擊，對著那白色猴子的背部劈了下去。

這一劈，感覺好像劈中石頭一樣，反震力大得快把我手中的軒轅劍震飛了。可是我並沒有因此退縮，反而硬是把劍抓牢，運用五行變化中的相生邏輯，從金生水，由水生木，一口氣將劈擊、鑽擊、崩擊打出個三連擊……的話就好了。

因為就在這個重要的時刻，我竟然自己絆倒自己，左腳踩到右腳，手中的軒轅劍還砍到自己啊！

砍妖魔鬼怪砍到自己雖然是有創意又夠噱頭，可是不應該啊！

那白猴子自然不會放過這樣的好機會，趁著我全身都是空隙的時候，對我進行反擊。然而我並不是一個人在戰鬥。在這千鈞一髮之際，一張「五行禁咒符」飛了過來！同時傳來的，還有藤原綾《五行元素歌》的歌聲。

「四方五行元素歌：西方白虎斷鐵環，北方玄武滙百川，東方青龍盤根纏，南方朱雀日燥乾……」

藤原綾的歌聲真的很難聽，有必要去好樂迪或者錢櫃多練練；可是咒歌的力量不是取決於你歌聲好不好聽。她每唱一句，就有一個元素的力量被她調動，對應戰鬥前在廟裡的四個方位還有正中間貼上的五行靈運符，聚集到白猴子身上那張五行禁咒符上面。

「五行元素聽我令，中界黃麟破地關！五行禁咒歌，土破水！」

藤原綾唱完這最後一句，貼在白猴子手上的五行禁咒符就發出了劇烈的爆炸！這蘊含無限土行元素力量的爆破，不但炸得那白猴子面目全非，更是把現場環境弄得到處都塵土飛揚。

「陳佐維，就是現在！土生金！」

沒錯，藤原綾的攻擊就是要幫我製造機會來的啊！現場環境已經是滿滿的土行元素，我只要把土行元素的力量納為己用，就可以打出威力萬鈞的金行劈擊，劈得那白猴子得滾回地府去找閻羅王泡茶啊！

「雙楊雙鑽氣相連，起吸落呼莫等閒。易骨易筋如洗隨，腳踩劍劈一氣傳！」

我揮出一記堪稱完美的金行劈擊，狠狠的劈在那猴子身上！但卻因為我根本沒辦法吸納土行元素，我的金行劈擊就變成了姿勢一百、力量零分的廢招。那猴子輕鬆的擋下後，反過來一拳把我貓飛！

這一拳超級大力啊！我還在空中飛了幾秒，側腰撞上旁邊的石柱才摔落在地。

這麼一打一撞之間，我的胸口和腰感覺都受了重創。甫落地，一個氣血翻騰，一口鮮血就吐了出來。

「陳佐維！」

藤原綾一看我被白猴子貓飛還加吐血，緊張的大叫了一聲，然後朝我跑了過來，想要觀察我的傷勢。那隻白猴子一看藤原綾跑向我，也跟著朝我跑過來，想要觀察我的傷勢，看要是沒有大礙就多補兩腳這樣。

於是藤原綾只好先轉向，掏出另外兩張威力比較小的「五星靈符」，一手抓著一張，跑去牽制猴子的行動，替我爭取復原的時機。

我勉強用劍撐著自己站了起來，嘗試著深呼吸，可是我辦不到。胸口的傷勢讓我只要一呼吸就痛，腰部的傷勢更是讓我連想離開軒轅劍站好都沒辦法。而一開場建立出來的信心，也已經在此時消失的無影無蹤。

那隻猴子跟藤原綾打了半天，開始有了節節敗退的跡象。可是說到底牠不是什麼省油的燈，好歹也是打趴了當地土地公的大妖怪。在敗相已呈的情況下，還能奮力一搏，牠硬是架開了藤原綾凌厲的攻勢，怪叫一聲後，翻身跳出土地公廟，朝山上跑去。

藤原綾回頭對我大喊一句「快追，牠已經快被我打倒了！」後，就跟著猴子離開的方向衝了過去。

但我沒有馬上衝過去。

我衝過去可以幹嘛？

我連個五行劍法的連環變化打出來都會自己打到自己，我去了可以幹嘛？藤原綾她不需要我！光是靠她自己就有辦法降妖伏魔。我去了只是扯她後腿，害她要分心來關心我吧？

我……

然而就在這個時候，過去一個月的刻苦訓練，藤原綾對我的冷嘲熱諷在此時一幕一幕的統統浮現在我眼前。我想到自己認真了這麼久，就不甘心自己踏上魔法師世界的旅程會止步於此。

幹！差點死掉的經驗也不是沒有過，現在不過就是有點呼吸不順、行動不便而已，又算得了什麼！

咬緊牙關，我忍著身體的痛苦，硬是逼自己朝著藤原綾離開的方向邁開步伐，跑步追了過去。

不過，最後還是選擇讓黑衣人先開車載我一程，反正有車不坐白不坐啊！

⊕⊕⊕　⊕⊕⊕

車子送我到差不多的位置後就停下，讓我自己過去幫忙。幸好在車上休息片刻，此時我身上的傷勢也真的比較沒啥大礙，起碼呼吸已經比較順暢，腰部的痛楚也減輕許多。我提著軒轅劍，朝著前方打鬥聲音的方向跑過去。

這裡是一片沒有被人開發過的樹林。當我來到打架現場的時候，就看到藤原綾滿頭大汗，背上還有被猴子攻擊過的傷痕，甚至還在滴血，感覺似乎占了下風的樣子。

我正要衝過去，藤原綾注意到我，就大喊：「別過來！」

我還在納悶，突然看到一個白影從天而降，在我面前現身。是那白猴子！牠一出現，就舉起雙手朝我攻擊過來。不過這次牠卻落空了，因為我反應真的算滿快的，一瞬間就閃過了猴子的攻擊。

可是當我要反擊的時候，那猴子竟然往上一跳，跳到樹上後又連續好幾個跳躍，在樹林中穿梭自如，一下子就消失無蹤。

藤原綾這時候才跑向我，但卻是先給我一拳，才說：「你是死去哪摸魚了啊！叫你追，你我拖到現在才來，剛剛幹嘛去了啊？」

我這才注意到她臉上有被打過的痕跡，嘴角還掛著一條血跡。本來被罵心中還有點委屈，一下子就無影無蹤，說：「對不起……妳沒事吧？」

「當然沒事啦！這點小傷而已！」藤原綾用手把嘴角的血跡抹掉，然後推開我，「這裡對那『山鬼』有地利之便，你自己見機行事！」

「知道！」

「還有，不准再受傷了。這是社長命令！」

我回頭看了看藤原綾，她現在是背對著我。看著她背上的傷勢，我點點頭，說：「遵命！」

這場跟山鬼的決戰，正式進入第二回合。

山鬼真不愧是猴子，在這片樹林中跳來飛去的，好像蜘蛛人在都市叢林穿梭一樣，迅速、靈巧、敏捷。

藤原綾的五星步法並沒起很大的效果，畢竟五芒星只有平面，只有X軸、Y軸。對付這種還加上個Z軸的敵人，她閃避得頗為狼狽；結果反而是我比較沒什麼差別。因為我本來就只是單純的依靠體能和本能閃躲，而不是靠什麼會害自己絆倒的五行步法。

但我們也並不只是在無謀亂竄的無頭蒼蠅。

在發現我沒辦法使用五行劍法對猴子造成有效傷害之後，藤原綾就對我下令，要我想盡辦法拖住猴子，替她爭取觀察靈脈走向以及氣場的時間。於是我努力的露出破綻吸引猴子攻擊，讓藤原綾到處去尋找四方五行元素的定位點。

這任務雖然並不簡單，但藤原綾真的不愧是專業的，因為我才拖沒一下子，她就把五張五行靈運符都貼在這地區的五行元素定位點上了。

定位完成後，藤原綾就對我大喊：「陳佐維！你不要亂跑！撐一下讓我瞄準牠！」

「收到！」

收到藤原綾的命令，我就知道我要跟猴子做第二回合的正面對決了，於是我停下四處逃跑的腳步，凝神定睛尋找猴子的身影。就在牠衝向我攻擊的同時，我已經做好準備，立樁站馬，將軒轅劍橫擋於胸前，使用五行劍法中的土行橫擊跟猴子硬拚！

「磅！」

白猴子的攻擊來得又急又狠又猛！雖然被我的橫擊擋了下來，但因為我有傷在身，這一硬拚又拚得我原本的傷勢爆發，站在原地又噴出一口血來，好像是電視裡面那些摔角選手的毒霧攻擊啊！不只如此，我所站的地方更是直接被打裂！讓我整個人失去立足之地，直接滾滾滾滾下山坡去了。

我就這樣一路沿著山坡往下滾，一路上不知道被小石頭、土地碰撞了幾百次，最後撞到一坨柔軟的東西才終於止住去勢；可是我已經被撞到頭破血流，全身上下到處都是擦傷和割傷，加上胸口與腰上的傷勢，這次真的是站都站不起來了。

結果衰事竟還沒結束！

突然，身後那坨柔軟的東西打了我一掌，害我更是多滾半圈。只是也因為如此，我才終於知道那坨柔軟的東西是什麼。

那是一隻野生的黑熊，感覺很像是已經成年的野生黑熊。雖然牠此刻對我面露凶光、咬牙切齒，卻不知道為什麼，好像非常虛弱似的。

「吱哇——！」

這時，從山坡上傳來一聲怪叫。我和黑熊同時看過去，就看到那隻白猴子竟然也跳下山坡，準備把比較弱小的我解決掉。而藤原綾則是在山坡上緊張的看著我們，甚至緊張到連叫都叫不出來。

我咬牙，趕緊硬是再多滾一圈要閃掉那白猴子；而那黑熊卻動也不動，直接被白猴子一拳打在背上，發出淒慘的哀號後，就這麼躺在地上了。白猴子還示威性的直接出腳，狠狠的踩在黑熊身上，發出了骨頭折斷的恐怖聲音。

看到這一幕，就跟當初看到【天地之間】的村民被火焰肆虐的情況一樣。我心中的怒火和正義感再度爆炸。

忍著身體的痛楚，我用軒轅劍撐著身體站了起來，瞪著那踩在黑熊身上的白猴子，大吼：「馬的……嗚咳咳咳咳！」

由於胸口傷勢影響，我嗆聲嗆到一半就被自己的血嗆到，卯起來咳嗽。雖然表現不理想，但是效果卻有達到，那白猴子接受了我的挑釁，一拳朝著我打過來。

我向前一個翻滾，閃過這次的攻擊；但是現在我的身體狀況可以說是牽一髮而動全身，只是這麼一滾，我真的痛到差點站不起來。我一這滾，不小心滾到了黑熊的身邊。眼看那白猴子第二波的攻擊接連而來，我知道我不能再躲開了，必須要硬接！要不然絕對會波及那黑熊。

於是我直接揮劍抵擋住白猴子的攻擊。結果奇蹟竟然發生了，我這根本沒有想太多的一劍，竟然把白猴子伸出來要攻擊我的手臂劈飛了！

「……吼……吼嚕嚕嚕……」

黑熊的聲音傳了過來，我轉頭看向牠。牠的雙眼直視著我，而牠的熊掌早在不知道什麼時候已經放在我的肩膀上。

黑熊又對我低吼兩聲。這時候，突然發生了神奇的事情。黑熊的全身開始發出金黃色的光芒，那光芒更是一點一滴的從牠搭在我肩上的熊掌匯入我的體內。同時，我手中的軒轅劍也開始發出金黃色的光。

我感覺身體的力量回來了，而且還有過之無不及，比開戰前還有 Power 的感覺啊！於是我雙手握牢軒轅劍，對著要趁機逃走的白猴子，再次一劍劈出！這一劍，果然成功的讓我劈出一道金黃色的劍氣，這劍氣的去勢又快又急又狠又凶，直接把白猴子攔腰劈成兩段，化作金色的光芒消失了。

劈完這一劍，我的力氣好像也跟著那道劍氣一樣消失了，無力的往後一躺，躺在黑熊柔軟的肚子上。

無意間，我看到了牠的腳。一直到現在我才知道為什麼牠沒有閃開白猴子的攻擊，原來是因為牠已經被獵人的陷阱夾住了。這讓我感覺很難過。追根究柢，害死這頭黑熊的竟然是我們人類。我抱著難過和抱歉的感覺，用手掰開那個捕獸夾。

捕獸夾掰開後，我又躺回黑熊的肚子上，因為實在是沒力氣了。

黑熊此時把牠的熊掌輕輕的放在我身上，很溫柔的摸著我。我聽得到牠的心跳聲，牠的心跳很微弱，整隻熊都很虛弱，可還是努力的顫抖著把頭伸了過來，用舌頭舔著我的臉，好像在跟我道謝一樣。

有種強烈的感覺，讓我知道牠快死掉了。雖然和黑熊才認識不到兩分鐘，但要不是因為牠發揮神奇的力量救了我，我應該已經被白猴子殺死了。現在黑熊好像快死掉了，我也跟著覺得有點鼻酸。

「牠就交給您了……繼承者大人……請您一定要帶牠回……山……上……」

就在這個時候，黑熊竟然說話了！

這聲音聽起來像是一個很溫柔的女性；但不管多溫柔，黑熊能說話這件事情還是嚇到我了。我趕緊轉頭看著那黑熊，卻看到那黑熊已經閉上了眼睛。

而牠的心跳聲，也完全聽不到了。

NO.002

信不信我把你電腦再摔掉一次啊？

山坡還滿陡的，所以藤原綾沒有下來，而是在山坡上對我大吼大叫。雖然說是大吼大叫，但也是因為不這樣吼叫我可能聽不見，所以她不是真的在凶我。

黑熊死掉前匯入我體內的金光，讓我感覺身上的傷勢好多了。所以，雖然我依舊沒啥力氣，但也足夠我跟藤原綾這樣吼來吼去了。反正在我們用唱山歌的方式關心完對方的狀況之後，她就去叫黑衣人下來救我。

只是我並沒有躺在這裡乖乖等人來搭救，反而在力氣稍微恢復一點後就爬了起來，想要去完成此刻我腦子裡唯一的念頭。

黑熊媽媽——應該是「媽媽」，畢竟說話的聲音聽起來像女生——臨終前對我說的，是把「牠」交給我，要我把「牠」帶回山上。雖然我不知道那個「牠」是什麼，但肯定是對黑熊很重要的人或者東西。黑熊媽媽對我來說已經是救命恩人了，因此完成牠的遺願，就成了我現在唯一想做的事情。

只是，那個「牠」在哪裡咧？

我坐了起來，看了看身後黑熊媽媽安詳的臉。牠看起來就像是睡著一樣，彷彿死前一點痛苦都沒有似的；只是我希望牠可以再指示我一下，起碼讓我知道牠要我找的「牠」是什麼，或者在哪裡之類的。

說也奇怪，就在我剛有這個念頭的時候，旁邊的山坡突然掉下了一塊小石頭。這小石頭一直滾一直滾，最後掉到旁邊不遠處的草叢裡面，發出「叩」的一聲，還有一聲小小的吼叫。

我很肯定這一定是黑熊媽媽的提示。雖然這不是應該笑的時候，但由於牠提醒我的方式實在太過可愛，還是讓我不禁笑了出來。低頭對黑熊媽媽說了聲「謝啦！」後，我趕緊跑向那草叢。

把雜草撥開一看，就看到裡面有隻小小的黑熊寶寶。牠雙手抱頭，身體一直扭動，好像很痛一樣的哇哇叫著，旁邊還有一塊剛剛掉下來的小石頭。牠的大小就跟一隻比較大的絨毛填充娃娃一樣，加上現在一直扭動的樣子，實在是可愛極了。

那隻黑熊寶寶一注意到我接近，馬上就四肢著地，對我咬牙切齒的發出警戒的低吼；但是由於牠實在太小了，這個樣子不但沒有達到讓我害怕的目的，反而讓我覺得牠真的超好笑。

……也超心酸。

我走到牠前面，蹲下身來伸手要去抱牠；可是牠卻用前掌拍掉我的手，我伸手幾次就被拍掉幾次。

牠不是在跟我玩，我知道牠可能是在害怕我。於是我把手先收回來，搖搖頭，擠出一絲笑容，對牠說：「小黑熊……你媽媽說，把你交給我了。」

我知道對熊說話跟對牛彈琴一樣，可就在這時候，我突然想到剛才那會說話的母熊對我的稱呼。於是我死馬當活馬醫，拿出軒轅劍，說：「那個……不知道你聽得懂不懂，我是繼承者。你媽媽把你交給我了，你可以相信我，我不是壞人。」

魔法界果然是神奇的世界啊！我把軒轅劍拿出來驗明正身後，那小黑熊竟然就不再發出警戒的低吼了，雖然仍是有點猶豫，但還是主動的爬向了我。而且我伸手去抱牠的時候，牠也不排斥了。

我就這麼抱著牠走回黑熊媽媽的屍體邊，跟小黑熊說很多很多的對不起還有謝謝。要不是因為我們人類，牠媽媽也許不會死在這裡，所以對不起；可是，要不是牠媽媽，我也許就會死在這裡，所以謝謝。甚至我還先把小黑熊放下，跪著給黑熊媽媽磕了個響頭。

可能有人會覺得我這樣根本賤人就是矯情，但當下我是真的只想藉由這動作，表達心中的各種感覺。

小黑熊哭了。牠爬到我身邊，用頭一直蹭我的臉，發出嗚嗚的悲鳴。

很快的，黑衣人就下來救我們了。本來我想說讓黑衣人幫我抱著小黑熊，可是小黑熊除了我以外的人都不親近。最後只好叫那個最強壯的黑衣人出來，背著我，我再背著小黑熊，才得以回到山坡上。

一回到山坡上，才剛把小黑熊放下，藤原綾就走了過來。在我摔下山坡的時候，她在山坡上那擔心的表情我還記得。現在一看她走過來，我就抓抓頭，不好意思的想跟她說聲抱歉，害她擔心了。

結果這女人竟然給我一巴掌啊！

「哼！叫你不准再受傷了還給我搞跳崖！我看你是不把我這社長放在眼中了吧？要是你真有個三長兩短，你要我……去哪再找人幫我處理任務委託啊？你這個……哼！」

我摀著熱辣的臉頰，眼中帶淚的回應：「嗚……人家也不願意發生這種事情啊……」

「哼！反正沒事就好，回去再跟你好好算這筆帳！」說完，藤原綾就別過臉去，嘟著嘴生氣到不說話了。

藤原綾這句充滿矛盾的話，讓我根本不知道該做何表示，結果這時候，在我腳邊的小黑熊倒是對這一直罵我的女人發出可愛——或者該說凶猛的叫聲。

而一直到現在，藤原綾才注意到我的腳邊有隻小黑熊。她立刻皺著眉頭，指著那小黑熊問我：「這、這是什麼東西啊？」

「這個？」我低頭看了看，笑著把小黑熊抱起來，捧到藤原綾面前說：「剛剛在下面有個黑熊媽媽把牠託付給我的，很可愛吧！」

女生果然對可愛的東西沒有抵抗力啊！一看到小黑熊可愛的樣子，藤原綾幾乎要瘋了！剛才生氣的樣子完全不復見就算了，竟然還興奮到使用日語高喊「卡哇衣！」，並且伸手要去摸牠。

「啪！」

結果跟我一開始一樣，藤原綾手一伸出來，小黑熊就把她的手拍掉。

被拒絕一次之後，藤原綾的表情就有點冷卻，問我說：「為什麼會這樣啊？」

「唔……我想是因為牠很怕人吧！」我趕緊向藤原綾解釋，並且向小黑熊說：「別怕啦小黑熊，她不是壞人，乖喔！」

「對啊對啊！」藤原綾也展開笑顏，對小黑熊說：「姐姐不是壞人喔！小可愛來給姐姐摸摸～」

「啪！」

小熊又把藤原綾伸出的手打掉。

「啪啪啪啪！」

不死心的藤原綾一口氣伸了好幾次手，然後小黑熊一直拍掉。這一人一熊就這麼跟葉問師父一樣的打起詠春來。

最後藤原綾氣炸了！大罵一聲：「吼！你算什麼東西嘛！可惡耶！一點都不可愛啦！去死啦！」

「吼嚕嚕嚕嚕嚕！」小黑熊也不甘示弱的回嘴。

我趕緊把小黑熊抱回來，對著藤原綾說：「欸欸，不要這樣啦！人家媽媽託付我、要我安置牠的，妳別凶牠嘛！」

「什麼啦！黑熊託付你，你就要安置牠？那牠叫你吃屎你怎不去吃啊？哼！這種東西你等等打電話給流浪動物之家叫他們來收走就算安置了啦！不然我就叫清潔隊來把牠抓走了啦！哼！」

「妳說的那兩個機關應該都不會收留小黑熊吧……」

「吼嚕嚕嚕嚕！」

面對這小黑熊，藤原綾真的氣到差點自己上車先走了；可是在我幾乎要用生命來保證我一定會儘快找到地方把小黑熊送走後，最後她還是讓我帶著小黑熊跟她一起上車回家。

在車上，藤原綾還是不死心的想要觸摸小黑熊。可是因為她給小黑熊的印象實在太差了，所以還是只能跟小黑熊繼續打詠春，打一打後就只能一邊碎碎唸，一邊偷看我跟小黑熊玩。

我把小黑熊抱到大腿上，讓牠面對著我。牠真的很小一隻，不跟藤原綾打架的時候就很安靜。而且還為了要跟藤原綾示威，在我把牠抱過來的時候，刻意伸出舌頭來舔我。

結果就因為這樣，差點被氣炸的藤原綾把牠從天窗扔出去了……

「哇喔，妳是小女生耶！」

下車救回小黑熊後，一人一熊回到車裡。我把牠抱起來觀察，這才注意到牠是母小黑熊。正準備要跟藤原綾調侃說「只要是雌性動物，除了妳媽以外，好像都跟妳磁場不合耶！」的時候，那小黑熊竟然出腳踹了我一下，然後就爬到前座生悶氣了。

「噗哇哈哈哈哈！這腳踢得好啊！」沒良心的藤原綾扯開喉嚨大笑。

回家之後，我們先找人來檢查自己身上的傷勢。藤原綾背上的傷勢只是皮肉傷，有障眼法藥粉幫忙，她也不怕疤痕留下。這讓我真的很想說，妳媽只要靠賣這障眼法藥粉，應該就可以賺到變成世界首富了，根本不需要在外面打生打死啊！

接著是我，我在這場戰鬥之中真的是出生入死上山下地啊！可是醫護人員檢查過的結果，竟然也都只是皮肉傷。看來黑熊媽媽的神奇魔力，真的很神奇。

檢查完之後，藤原綾就拉著我去寵物醫院買東西。

「唔，妳不是很討厭小黑熊？」

「關你屁事啊！我是怕那小畜牲把我們家沙發弄髒，打算買個狗籠把牠關住啦！」藤原綾凶狠的表示。

我搖搖頭偷偷的笑了笑。

藤原綾雖然很氣小黑熊不親近她，可是她好像還是很想跟小黑熊打好關係。畢竟那小黑熊是真的很可愛啊！而且她買的根本不是什麼狗籠那種冷冰冰的東西，她買了一張柔軟的高級小床，還買一大堆高級狗飼料、狗罐頭，說等等要把牠餵飽點。

不過，妳確定小黑熊是吃狗罐頭的嗎？

東西買完之後，藤原綾就叫躲在附近埋伏……呃，我是說保護我們的黑衣人出來，當作送貨員，把那些東西送回我們家。接著就一起去買了一個雞腿便當和一個排骨便當，打算帶回家當晚餐。

「哼哼，這死傢伙，等等本小姐一定要親自餵牠吃飯！要是敢不領我的情，我就把牠從頂樓扔下去！」

「拜託妳千萬不要真的這麼做啊！」

回到家之後，藤原綾把便當先擱在餐桌上，就興沖沖的跑去開狗罐頭了。那小黑熊一看到我回家，原本還在試躺新床，馬上就跑到我腳邊繞來繞去。

藤原綾把狗罐頭打開後，倒在盤子裡面，笑容滿面的從廚房走了出來，對小黑熊用超嗲的聲音喊：「小可愛~來吃飯飯囉！姐姐餵妳吃飯飯囉！」

小黑熊這次沒有啥動作，乖乖的看著藤原綾把那盤狗食放在牠面前。可是牠真的沒啥動作了，連聞都不聞一下，掉頭就走。

這無疑是給藤原綾一巴掌啊！

我注意到藤原綾的笑容開始僵硬，隨時都會爆炸啊！就在這個時候，小黑熊充滿靈性的爬上餐桌旁邊的椅子，然後將桌子上放在塑膠袋裡面的便當拿了一個出來，用嘴巴咬住後跳下椅子，扯開蓋子後，就開始吃起便當來了。

看到這一幕我真的開心不起來啊！因為小黑熊好死不死的，竟然挑中藤原綾的雞腿便當啊！

「你……你這個該死的畜牲……喝啊啊啊啊！」

這一夜，我花了好大的工夫才安撫住藤原綾，還只能吃泡麵當晚餐，因為便當被她搶走了。

晚上，藤原綾洗過澡之後，吩咐我說：「我要睡覺了，明天我要回家去跟媽媽報告任務進度，你自己一個人別偷懶練功，知道嗎？」

「嗯，我知道。」

我躺在沙發上看電視，小黑熊趴在我身上打呵欠。藤原綾看了就覺得不爽，悶哼一聲後就進房間去了。關門時照慣例的甩得超大力的，好像門欠她幾百萬一樣。

「走吧！我們去洗澡，洗一洗再來睡覺。」

我把小黑熊抱進浴室，幫牠洗澡。我以為牠會怕水或者不讓我洗、不配合之類的，結果並沒有，而是乖乖的讓我幫牠把身上每一寸肌膚都洗得一乾二淨。我把自己也洗好之後，就拿毛巾將牠擦乾，把牠放在那張柔軟小床上，摸摸牠的頭，說：「晚安啦！我也要睡覺囉！」

「凹嗚～」

回到房間我就直接躺床上睡覺了；可是睡沒多久，我就聽到不知是人，或者東西，在用爪子抓我門板的聲音，看來是小黑熊。

我對著門口說，要牠乖乖的在床上睡覺，我很累了不能陪牠玩。原本以為牠會就這樣去睡，結果牠依舊在門口抓門，還發出哭哭的聲音。

這一哭我就心軟了啊！就算不心軟，我也怕牠哭太大聲吵醒藤原綾後會被扁，我會心疼啊！就開門讓牠進來了。

小黑熊進來之後，就跳上床擠到牆角去。我猜牠應該是想要跟我一起睡覺，反正牠剛才洗得很乾淨香噴噴的了，於是我也就上床和小黑熊一起擠著睡覺。

小黑熊挨在我身邊，哭著。

哭著。

⊕⊕⊕　　⊕⊕⊕

「喂，你啥時回來啊？」

隔天睡醒之後，由於藤原綾已經回家去報備任務進度了，所以我就偷懶不練功。打開電腦，把小黑熊抱到我大腿上放好，登入《魔獸世界》，跟宅月還有公會裡的其他網友一起下副本推王打寶。在講解戰術分配任務的時候，我跟宅月閒聊起來。

「等等就去坐車，晚上就回到臺中了啊！」宅月回應。他的人物是個血精靈正妹盜賊，現在正在跳舞。「怎樣？晚上要一起吃飯還是打球嗎？」

「我不知道可不可以耶，你知道我家小綾管很嚴的。」

「我知道啊！可是你之前不是才說有改善？不然乾脆一起叫出來咩！」

「噢，我再問她啦！那你有打給偉銘問他啥時回來嗎？」

「一定是今天或者明天的啊！後天就要去擺攤位迎接學弟妹了咧！他已經卡好位置，準備要幫忙學妹搬進女宿啊！」

我搖搖頭，笑了笑說：「啊啦啊啦～這傢伙真北爛，專門搞這些有的沒有的，不過我也要去女宿，謝謝！」

不知道為啥，我這段文字一發送出去，本來乖乖的坐在我大腿上看我玩《魔獸》的小黑熊，突然發出不高興的吼叫聲，還伸手亂拍鍵盤。

我覺得牠妨礙到我打王了，就叫大家先等一下。然後我把小黑熊抱離開房間，假裝生氣的小凶一下牠，再把門關上，繼續打王。在經過一輪奮戰之後，我們成功的把這個副本的王統統推倒，大伙坐在地上閒聊以及檢討剛才推王的缺點。

「等等，我引到王了。」

這話是我說的，結果馬上引起大家的恐慌。我們團隊裡面擔任肉盾的不死族死騎還說：「屁啦！王全被打光了，你是又引到哪隻王了啊？」

「唔……我家小綾在我背後……她非常火……」

《魔獸》打得太入迷，沒注意到藤原綾回來就算了，被我趕出去的小黑熊竟然還出賣我，把藤原綾帶進我房間臭罵我一頓啊啊啊啊！於是《魔獸》玩不成了，強制下線後，我就被藤原綾拉到客廳，說要跟我討論任務進度。

「我們並沒有解決這個任務。」藤原綾簡單扼要的說了結果。

我抓抓頭，懷疑的問：「怎麼會？妳不是說了，是那白猴子打跑土地公的啊！」

「我搞錯了。」藤原綾嘟著嘴，有點不想承認是自己判斷錯誤的說：「應該是土地公先跑掉，那山鬼才會入侵那裡。意思就是，土地公怕的不是山鬼，而是另有其他東西讓土地公害怕。」

「咦？可妳不是說還有其他原因會導致土地公落跑，怎麼會肯定祂是害怕某樣東西而落跑的啊？」

藤原綾白了我一眼，沒好氣的說：「我昨天就告訴過你了！我在那邊觀察的結果，推論出來就是這樣！如果你忘記了，我很樂意用蠻力讓你想起來！」

於是我閉上嘴巴，陪笑臉要她繼續說下去。但是她已經說完了，因為剛才的談話就是結論了。

「總之，等等還得再去現場看一次，看有沒有蛛絲馬跡。」藤原綾說。

我摸摸鼻子，往沙發上一躺，說：「可是，妳不是說土地公落跑不是很嚴重嗎？幹嘛非得這麼著急啊？」

「陳佐維，你再問這種低能問題，我就找人把你從窗戶扔出去。」藤原綾不爽的回答我：「你搞清楚，我所謂的『不嚴重』指的是對其他人來說。現在這個任務是我們在負責的，你不早一點解決掉，是打算拖到民國幾年才要處理？想砸掉我們結社招牌嗎？」

「喔……我知道了。」我嚇得立刻坐好點點頭，很委屈的說著。

「反正晚點就回去山上找線索，別廢話了，這是社長命令！」

「啊對了！」

「又怎麼了？」

接觸到藤原綾凶狠的眼神，我就知道她以為我又要問低能問題，於是趕緊說：「我是想到一件事情，就是那隻黑熊媽媽！」

「嗯？」藤原綾歪著頭，問：「牠怎麼了？」

「牠會魔法。」

我話一說完，就下意識的趕緊全身縮起來，以免藤原綾會以為我在跟她開玩笑而扁我一頓。

不過沒有，藤原綾倒是很認真的追問：「會魔法？你描述詳細一點。」

「呃……就是，昨天我掉下山崖差點被白猴子幹掉的時候，不是突然大顯神威的反過來殺掉白猴子嗎？那是因為黑熊媽媽把牠的魔力傳給我，我才可以揮出那劍氣宰掉白猴子。就跟當初在【天地之間】，公孫靜小姐幫忙的時候一樣。」

「磅！」

一提到公孫靜小姐，藤原綾突然用力的拍了一下桌子，然後笑容滿面、殺氣騰騰的對我說：「嗯？你再說一次？你還很懷念那乳牛是吧？」

「呃嗯……我只是打比方啦……不是妳想的那樣啦……」

「哼！最好你都沒有想過那乳牛……哼！想到就覺得噁心啦！哼！」

我很無奈的抓抓頭，趕緊轉移話題。

藤原綾很討厭公孫靜，就算我們從【天地之間】回來已經過了一個月，我只要不小心提到公孫靜，她就會這麼暴走一下。甚至有次打開電視在看《包青天》，裡面展昭展護衛不過講了一句「公孫先生……」而已，她也馬上轉臺，然後暴走。

不過，她討厭公孫靜的詳細原因我並不清楚；反正她看誰都馬不順眼，不缺那一個就是了。

總之，我把話題又轉回來：「反正……那隻黑熊媽媽會使用魔法，妳覺得這是不是線索？」

藤原綾撫著下巴，眉頭深鎖，看起來像是想在腦海深處找尋有關「會使用魔法的臺灣黑熊」的資料一樣。許久，她才點點頭，說：「可能會是線索；那牠有沒有跟你說過什麼？」

「我靠！我都沒講妳就知道牠會說話？這麼厲害喔！」

「如果牠會魔法卻不會說話，這才奇怪吧……牠有沒有跟你說什麼？快說。」

我抓抓頭，說：「唔，牠叫我繼承者大人，然後把牠的寶貝女兒，也就是小黑熊託付給我，叫我要送牠回山上去，就這些。」

「繼承者……大人？」藤原綾的表情很彆扭，然後突然發出笑聲，搖搖頭說：「哇哈哈哈……這個稱謂也太好笑了吧！繼承什麼的繼承者啦！」

被當面嘲笑實在讓人開心不起來啊！

就連小黑熊也幫我說話，對著藤原綾發出怒吼。

我則是不開心的表示：「繼承軒轅劍，而且不只是黑熊媽媽，就連小黑熊也是因為看到軒轅劍，知道我是繼承者，才會跟我這麼親近的。」

聽到我這麼說，小黑熊好像聽得懂一樣，附和的朝著我叫了一聲。

藤原綾應該有看出來我不開心，但還是頗不以為然，說：「好啦好啦！繼承者就是繼承者啦！不過你說的這個倒是一個很重要的情報。在那座山上出現一頭會使用魔法的黑熊，一定不是巧合，我等等回家去跟媽媽借資料來看，看完整裡出頭緒後，再回現場去調查個仔細吧！」

我點點頭，然後又問：「那個……我問妳喔，為什麼妳聽到我說黑熊會使用魔法，妳不會懷疑我在開玩笑啊？」

「喔，很簡單啊！因為你根本沒把五行劍法學會，昨天能打贏，若不是瞎貓碰上死耗子，再不然就是有奇蹟發生。另外，會使用魔法的黑熊，也很符合我們這次任務的主題，所以我沒懷疑你。」

「……我們這次任務的主題？不是土地公嗎？關黑熊屁事啊！」

聽到我說關黑熊屁事，小黑熊就伸手拍了我一下，表達牠的不滿。

藤原綾笑了笑，才說：「在臺灣，除了漢人的信仰、來自西方傳教士帶來的西方魔法，以及我們日本殖民統治帶來的神道魔法之外，還有更古老的魔法存在。」

藤原綾說到這裡，就指著我身邊的小黑熊說：「就是『薩滿文化』。」

我看了看旁邊的小黑熊，說：「可是《魔獸世界》裡面，會變身黑熊的是德魯伊，不是薩滿耶！」

「你再用《魔獸世界》那錯誤的魔法概念來說些廢話，你信不信我會再去把那臺電腦摔掉？」

「對不起。」我馬上認錯，因為她凶狠的時候說的話，真的都不是開玩笑的恐怖啊！

藤原綾白了我一眼，繼續說下去：「薩滿魔法信仰自然元素、神靈、祖先。世界各地都有類似的信仰，也都各自有不同的稱呼，但是我們【組織】是一律稱呼為『薩滿魔法』。在臺灣，使用薩滿魔法的人，就是這片土地最原本的主人。」

藤原綾頓了一下，才說：「也就是原住民同胞。他們信仰的祖靈形式就很多元，其中也有動物祖靈，比方說百步蛇、臺灣雲豹……以及你身邊那隻，臺灣黑熊。」

我看了看身邊的小黑熊，牠也抬頭無辜的看著我。

我又看了看藤原綾，藤原綾則繼續說：「會使用魔法的黑熊，我相信絕對不是普通的生物……也許跟土地公害怕的東西有關。好！我現在就回家去調查，順便跟媽媽報告這件事。」

「那我要幹嘛？」

「練功啊！這種低能問題你到底要問幾百次啦！」

我抓抓頭，想到剛才宅月在《魔獸世界》提到的事情，就說：「唔……那我可以跟宅月還有偉銘去吃飯嗎？他們等等就會回臺中了。」

藤原綾原本又想開罵，結果我反應更快，馬上補上一句拜託以及加上誠懇的哀求表情。她看了就搖搖頭，說：「去啦去啦！朋友最重要了，哼！」

我笑了出來，又說：「不然妳要不要一起去？宅月有叫我順便帶妳去。」

「沒空。」藤原綾斷然的拒絕，嘆了口氣，說：「雖然不是在潑你冷水，但我還是想說，我們魔法師最好少跟正常世界的人往來。知道嗎？」

我點點頭，表示我知道。

其實有時候我真的覺得很悶；我正在學魔法，而且關於魔法的常識也可以稍微說一點出來，甚至還可以演練出一套很常失敗的五行劍法，可是在我的朋友面前，我卻什麼都不可以說，這真的很難受。

⊕⊕⊕　　⊕⊕⊕

晚上，偉銘果然打電話過來問我可不可以出去吃飯，我回答沒問題後就要出門了。倒是小黑熊一看我要出去，就跑到我腳邊繞來繞去，發出嗚嗚的叫聲。

這下我就頭痛了，畢竟牠是小黑熊不是小黑狗啊！不是說帶出去就可以帶出去的啊！可是把牠一隻熊放在家裡，到時候發生什麼事情我也不敢說。

最後沒辦法，我只好跑回房間，把軒轅劍拿出來，對著小黑熊說：「你乖乖在家裡看家喔！葛格只是出去跟朋友吃個飯，你別亂跑知道嗎？」

小黑熊看起來有點不爽。不過，牠果然認識軒轅劍，悶哼一聲後就爬去我房間的小床上——藤原綾買的那張，我搬進我房間了——躺著了。

損友三人組再度聚首，選擇去吃燒肉，方便聊天。首先關心的就是這一個禮拜不見，大家都去哪幹嘛了的話題。不過，比起聊他們兩人，更多的話題是圍繞在關心我和藤原綾的交往上。因為我是損友三人組中，唯一一個暑修結束後沒回老家，選擇留在臺中陪女朋友的人。

「來，這杯我敬你！」偉銘舉著裝有可樂的塑膠杯對我說。

我也舉起裝有芬達的杯子，反問：「敬啥？」

「馴妻成功！我看快結婚生子了啊！乾。」

「呃嗯……謝謝啦……」我抓抓頭，很尷尬的也把芬達乾掉。

「啊～想想一個月前啊！那時候我們東海 LBJ 突然變成怕老婆的人，這真的很恐怖啊！人家 LBJ 是小皇帝耶！做皇帝的哪個不後宮三千啊！結果你竟然就這麼栽在你老婆手上，多慘啊！」偉銘此刻表現的就像是喝醉的老頭在緬懷過去一樣，說：「那段日子啊！我們作兄弟的每天都擔心你會精盡人亡啊！好在一個月過去之後，你終於成功馴服嬌妻，我們真的很替你感到高興啊！」

宅月拿起紙巾，假裝拭淚的說：「是啊，就好像看到自己的小孩長大一樣，感動到不行啊！」

「……你們到底是在感動什麼啊……」

「嗚，你終於可以在嚴妻的管教之下出來跟我們一起吃晚餐，這還不感動嗎？」

這句話還是他們兩個異口同聲說出來的啊！

我平常表現得就這麼怕藤原綾嗎！幹！

而且人家 LBJ 沒有三妻四妾啊！

總之，我們這頓飯吃了很久，等我們去結帳要回家的時候，看看時間，竟然已經過去三、四個小時了。

這讓我有點擔心家裡的小黑熊會肚子餓，所以只好背負著「原來還是很怕老婆」的汙名，用跑的一路跑回家，還不忘記先去買份永和豆漿回家餵黑熊；雖然我不知道小黑熊吃不吃肉包和飯糰，可是牠一定不吃狗食。

幸好小黑熊沒有搗亂，乖乖的在家裡等我回去。一看到我回來，牠就開心的黏上來，我趕緊拿出肉包還有飯糰出來餵牠。這麼餵啊餵的，大門就又打開了。回頭一看，原來是藤原綾，她剛好也在這時候回家。

「妳回來啦～」我把飯團塞給小黑熊，讓牠自己拿著吃。

「嗯。」藤原綾點點頭，走到客廳裡往沙發上坐了下來，說：「你晚上把東西整理整理，我們要出趟遠門了。」

「出遠門？」我也在旁邊的沙發坐下，問：「要去哪？」

藤原綾指著小黑熊，說：「上山，我們把小黑熊送上山去吧！」

NO.003

你們平地人都講不聽內！

「喂～好消息啊！」

電話那頭傳來的是偉銘興奮的聲音，他說：「明天開始迎接新生入宿，我幫你爭取到顧女宿門口擺攤位的權利啦！明天早上七點半記得要來啊！」

「我不能去了啦……」

「為啥？宅月說你也想顧女宿，我想說你終於看開想通要換老婆了，特別幫你爭取到的耶！」

我看著坐在旁邊微笑看著我的藤原綾，額頭不禁冒出冷汗，趕緊對電話另一頭的偉銘說：「那個只是我開玩笑的啦……我跟我家小綾感情很好……現在要去南投旅遊，明天應該回不來了啦！就這樣，先掛電話了，掰掰！」

電話掛上，藤原綾依舊保持笑容滿面，但是濃濃的殺氣卻不斷的在車內蔓延開來。

「呃嗯……怎麼啦？」我問。

「沒事呀！喜歡顧女宿你可以去呀！」藤原綾笑容滿面的說：「要去的話跟我說一聲就是了，我可以馬上叫司機停車，然後讓你走回去唷！」

「嗚……這種話不要等我們已經到了南投才說好不好……」

結果不知道為什麼，我這句話竟然引爆了藤原綾的地雷，氣得她在車內就暴走，揪著我的耳朵大吼什麼「好啊！意思就是你很想去是吧？」、「換老婆是不是？又在你那群朋友面前說我什麼壞話了嗎？」、「王八蛋，想死了是不是啊！」之類的。

而且一向會幫助我對抗藤原綾的小黑熊，此刻也在我腳邊咬我的腳。

是的，藤原綾說要送小黑熊上山，就一點也不拖拖拉拉，行李整理好，司機吩咐好，隔天一早就出發前往臺灣的內地「南投縣」了。為的不是觀光、旅遊，雖然我必須要跟偉銘這樣解釋——但其實我是去解決魔法事件的。

藤原綾說，她昨天晚上回家調查魔法黑熊，也順便跟美惠子阿姨報告任務進度。結果沒想到，從美惠子阿姨那裡得知了一些情報——土地公的落跑不是單一事件，而是集體事件。只不過是因為我們去調查的那個土地公比較親近人民，有人在拜，所以才會有人報案。事實上，臺灣山上的土地公，已經快要跑得一個都不剩了！

得知這件事情，加上黑熊託孤，藤原綾肯定山上絕對發生了什麼事情，因此才會馬不停蹄的拉著我說要送小黑熊上山，調查事情的真相。

從臺中前往南投其實並不遠，車子上高速公路沒多久就到了。可是要找個上山的方法，那就真的是不得其門而入了。藤原綾雖然提過，原住民的魔法屬於薩滿性質，講得好像她很熟一樣，可其實她也只知道這樣而已，詳細情形仍然是什麼都不懂。

所以我們乾脆直接殺去找原住民朋友，問個清楚。

「妳還有原住民朋友？」在車上，藤原綾暴走結束之後，我問。

「沒有。」藤原綾搖搖頭，說：「不過我有跟媽媽講過，請她幫我聯絡一個原住民的魔法結社當嚮導，帶我們上山。」

「原來如此啊！」

聽到這樣的回答，我反而還更興奮了一點。

雖然我自己本身就是我們結社的副社長兼打雜，也很常去藤原家拜訪，甚至美惠子阿姨就是【組織】的三大會長之一。

可是因為我們自己結社的規模實在太小了，住家就是辦公室；藤原家雖然在日本是數一數二的魔法結社，但在臺灣並沒有辦公處，臺中那個豪宅只是單純的住家而已。至於什麼【組織】的辦公室，更是只聞樓梯響的去都沒去過。

因此，等等要去拜訪的原住民魔法結社，就是我第一次要踏入的正式魔法結社啊！叫我怎麼不興奮？

車子在南投的市區內移動，最後在一幢老舊的商業大樓前停下，藤原綾立刻催促我下車。看到這老舊商業大樓的外裝，我是又驚訝又失望。驚訝的是怎麼會在這種一點都不顯眼的地方，失望的同樣也是怎麼會在這種一點都不顯眼的地方啊……

而且我們還不是走進大樓然後坐電梯上去，卻是走到大樓旁邊的商家，一間在賣原住民傳統手工藝品的紀念品店裡面。

「歡迎光臨。」

穿著原住民傳統服飾的原住民店員懶洋洋的招呼我們一聲後，就低頭去玩他的電腦。

仔細一看，他在玩的還是踩地雷。但也難怪他會這麼無聊，因為現在店裡根本一個客人也沒有。

我靠到藤原綾身邊，低聲詢問：「喂，妳確定沒找錯地方嗎？」

「沒找錯。」

「靠，那怎麼會是賣紀念品的店啊？」

「因為這才是他們現在的本業。」藤原綾聳聳肩，說：「在臺灣，原住民的人口遠不如外來的漢人，傳統信仰又被西洋的教會同化，生活很難過下去。舉個例子來講，你要是感冒了，會想去看西醫、中醫，還是巫醫？或者說，你有看過人家家裡鬧鬼，請原住民巫女來作法的嗎？所以，為了要生存下去，很多原住民魔法師都投入這種飾品的製作與販售了。」

「……原來是這樣。」

聽到藤原綾這樣講，我感覺原住民魔法的神秘感完全被破壞掉了。

我一直以為會跟電視上演的、電影裡看到的一樣，大家是住在帳篷內，圍在營火旁邊坐著，有個穿著用獸皮、流蘇織成的傳統服裝，臉上畫著漂亮鮮豔的特殊油彩，頭頂還插兩、三根大羽毛的巫婆，用聽不懂的語言告訴我們神秘的土地公落跑的真相，還有人在背景跳舞那樣。結果竟然是這麼一幅貼近現實生活的畫面，我真的失望透了。

而且我後來想想，剛剛那些畫面應該是印地安人，不太像是臺灣原住民。

藤原綾走到櫃檯，很客氣的叫了一下店員，向他說：「您好，我叫藤原綾，是魔法結社【神劍除靈事務所】的社長。今天前來拜訪，有事相求。請問大巫女在嗎？」

說實在的，藤原綾對待外人一直都是這副有氣質、落落大方、大家閨秀的模樣。可是對內、對熟人來說，就不是這樣了。

那店員聽到藤原綾這樣講，就立刻站了起來，笑嘻嘻的說：「哦，現在的社長都哪～麼年輕漂亮喔？大巫女婆婆現在在樓上睡午覺啦！妳如果要找她，我幫妳打那個電話叫她下來啦！」

「那就萬事拜託了。」

那句年輕漂亮對藤原綾很受用，你看她現在開心的咧！

「啊！不用哪～麼客氣啦！大家都是朋友嘛！你們先在店裡面逛一下啦，都手工做的內！」

聽原住民店員講話，真的會有一種「啊！這就是原住民同胞講話該有的樣子啊！」的感覺。有點奇怪的腔調，熱情又有活力，聽著彷彿也會被他的生命力感染一般。

由於不知道大巫女還要多久才會下來，所以我和藤原綾就先在店裡閒逛。

藤原綾說，這裡的手工藝品是真的有魔法效力在，什麼保佑你愛情順利、財源廣進、身體健康、事事順心的，都是真的有用魔法的祝福附在上面的。當然，不可能靠這些就可以扭轉你那該死的命運，可是短時間內你還是可以感受到祖靈的祝福。

這樣我就又有興趣了，我還真是一個容易見風轉舵的人啊！

可是人就是這樣啊～聽到哪裡的財神廟靈驗，大家就搶著去拜、去借發財金；聽說哪裡的月老廟靈驗，大家就搶著去拜、去求條紅線來。現在不過是把大家常聽到的道教、佛教信仰，改成原住民的手工藝品罷了。

這突然讓我想到某部叫做《通靈童子》的漫畫，裡面的原住民好像也在賣這些東西。

總之，我就在店裡面閒逛了一下，隨手拿了一顆保佑學業進步的石頭；卻在這個時候，我清楚的看見石頭發出了金色的光芒。稍縱即逝的金色光芒，全部被我吸到體內去，讓我產生了上次黑熊媽媽用魔力提高我力量的效果，一瞬間跟吸毒一樣，精神百倍。

這讓我真的信了藤原綾所說的話。其實本來也不是不信，可是發生這種事情之後，我就真的算是見證魔法奇蹟。於是又多拿幾個學業進步起來吸，看能不能保佑我下學期拿書卷獎這樣。

「那個年輕人，你再這樣吸下去，我就要跟你收錢了啦！」

我吸到一半的時候，旁邊傳來了那個店員的聲音，嚇得我好像做壞事的小偷一樣，趕緊把那學業進步放下，向那店員不停道歉。

「對不起啦！我不是故意要偷吸的！我真的不知道會這樣！我、我跟你買啦！真的！請你原諒我！」

「啊～就說了大家都是朋友啦！幹嘛哪～麼緊張，又不會把你抓去關嗯～」

原住民店員的笑容讓我充分感受到了他的溫暖，心裡面的石頭也放下了。

「不過石頭一個一百五，你再多吸兩個，我給你打八折，算你一千二就好了啦！」

……幹。

由於我有不小心拿起石頭就會聽到收銀機叮咚聲的詭異毛病，所以在噴掉一千二之後，我就只能坐在旁邊原木雕刻的椅子上，看藤原綾逛街。反正已經吸了十個學業進步，下學期應該不會被二一才是。

坐了一陣子，突然聽到門被推開的聲音。我轉頭一看，就看到一個身形瘦小、白髮蒼蒼，戴著墨鏡的老太婆，由另外一個比較年輕，但同樣也是上了年紀的媽媽級原住民婦女攙扶著，走進原住民藝品店。

看來這應該就是大巫女了。

「大巫女！」

原住民店員的招呼聲回答了我心裡的猜測，他趕緊走過去接手扶著那疑似看不見東西的老太婆。而另外一個媽媽級婦女則是轉向我，問說：「請問你就是那個神劍什麼結社的社長嗎？」

「欸……」

「是【神劍除靈事務所】。」藤原綾突然插進我們的對話，笑著對那婦女說：「您好，我是社長藤原綾。」

「唉呀～剛才沒看見妳呢！果然跟阿金說得一樣，是個年輕可愛的小女生內！」

「呵呵，您太客氣了！」

「哈哈，妳說有事情要來找我們，是什麼事情內？」

「咕嚕。」

正當兩個女人說話的時候，坐在旁邊的我突然肚子叫了一聲。這極度沒禮貌的事情不但讓我自己覺得很尷尬，藤原綾更是直接瞪了我一眼。估計要不是因為這裡人太多要維持形象，她八成會直接一拳揍倒我。

不過她瞪完我後，還是幫我打圓場，向那女人說：「不好意思呢……我們一大早就坐車從臺中趕來這裡，還沒吃午餐，讓您見笑了。」

「啊～沒關係啦！肚子餓了就是要吃啊！阿金，奶奶跟店裡你顧好啦，我帶兩個客人去吃飯嘿！」

婦女向店員吩咐完事情後，就笑著要藤原綾還有我跟著她去吃飯，打算要一邊吃飯、一邊解答我們想問的問題。

老實說，我原本以為會請我們吃什麼竹筒飯、石板烤肉之類的原住民料理，結果她只是帶我們到附近的快餐店吃池上飯包而已。我們在店裡選了一個靠邊邊角落的位置坐下，三個人東西吃一吃之後，就進入正題，也就是土地公落跑事件。

這婦女其實是這一任的大巫女，聽到藤原綾所說的山上土地公在害怕某事跑光光之後，就說：「山裡最近的情況很不穩定啦！山神最近都沒有交代我們，很難溝通內！」

「很難溝通是什麼意思？」藤原綾問。

「我們巫女本來就是會固定跟山神溝通，聽她交代事情、交代祭典的準備、預言未來，還有報幾支那個明牌的啦！最近一個月，山裡面很不安靜。原因是什麼我們也不清楚內！幾天前才問過祖靈，祂們也都很害怕。害怕什麼，也不告訴我們。這種情況是第一次發生內！」

「連你們的祖靈都在害怕？」藤原綾皺眉追問。

「是啊！明天要上山舉辦祭典，安撫害怕的祖靈。你們要來看看嗎？」

「可以參加祭典？那我們當然要去看看囉！」

我一直對藤原綾打眼神，要她趕快問小黑熊的事情。可是不知道她是看不懂我眼神傳遞的訊息，還是看懂了不想理我。一直到討論結束，她都沒提到小黑熊。

我們離開快餐店，回去紀念品店。大巫女說要幫我們安排住所，要我們先在店裡面稍候，她打電話給認識的人。於是藤原綾又繼續逛起手工藝品。看得出來她很想買，而且還是跟戀愛方面有關的，果然是女孩子。

至於我，由於我啥都碰不得，所以只能坐回那張原木椅子，乖乖的等候。

「年輕人，山神跟你說了什麼事情？」

「哇靠！」

那個戴著墨鏡的老太婆不知道啥時出現在我的身邊，突然冒出來說這句話，我被她嚇得整個人摔下椅子。

那老太婆呵呵的笑了起來，又說：「年輕人，山神對你說了什麼啊？」

我趕緊坐回椅子上，搖搖頭否認說：「沒、沒有啊！我沒碰到什麼山神啊！」

「哈哈哈，那就可能是你自己不知道啦！你的身上帶有古老的神諭。那是最古老的語言，我看不懂。可是這一定跟你在找尋的事情有關！我可以指一條路給你！明天祭典過後，記得來找我啊！」

「還有，帶著山神的小女兒來。」

說完這些莫名其妙的話，老太婆就又東摸西摸的走回去了。

我還在一頭霧水，藤原綾已經買好東西，走到我身邊說：「喂，你聽得懂原住民語？」

「啥？」我原本就已經覺得莫名其妙了，藤原綾這問題更是問得我滿腦疑惑。

「那不然你剛才跟那老太婆聊那麼久，聊什麼？」藤原綾又問：「一個用國語，一個講原住民語言，這樣還可以聊。」

我看了看那個老太婆，她現在正在跟那個叫做阿金的原住民店員說話，而且講的都是我聽不懂的語言。我趕緊跟藤原綾講說：「她剛才說國語啊！」

「她不會講國語吧？」藤原綾瞇著眼睛，說：「算了，你等等記得把她跟你說的話一字不漏的講給我聽。知道嗎？」

「……嗯。」

大巫女終於聯絡完她的朋友，過來跟我們說晚上有地方可以住了，然後要開車載我們去。不過，因為我們還有一隻小黑熊放在車上沒跟過來，也不方便把小黑熊帶到人家車上——要知道，我們為了運送小黑熊，這次開的可是加長型黑色禮車啊——所以，討了地址，說要自己開車過去，然後就離開了。

住宿地點，是一間在山裡面的小木屋民宿，民宿業者也是原住民同胞。

「是大巫女介紹來的吧？明天山上要舉辦祭典，各地回來的家人很多，只剩最後一個房間咧！不過你們小情侶應該沒關係啦！沒事就是打打砲，增進感情的啦！」

我只能說，原住民同胞真的很熱情也很愛開玩笑啊！

他一邊閒聊亂扯，一邊帶著我們前往房間。這裡的擺設非常有原住民風格，到處都可以看到原木做成的家具，以及各種圖騰、各種插畫。我們的房間也是，不過雙人床上還掛著歐洲風格的公主蚊帳、放一顆愛心抱枕，感覺有點不搭就是了。

老闆要我們好好休息，說他都會在櫃檯那邊，有問題隨時可以找他之後，人就走了。我看著這雙人床，又看看從剛才就一直在忍耐扁人衝動的藤原綾，說：「唔……我看我去跟他多要一床棉被鋪在地上好了……」

「哼，不然你以為我真的會跟你怎樣嗎？少在那邊幻想了啦！」藤原綾把臉別過去生氣的說著。

其實我也沒幻想過啊！跟妳住一起這麼久了，套句《魔法禁書目錄》主角右手哥的臺詞：幻想早就被妳殺光了啦！

我們偷偷摸摸的把小黑熊送進房間。說真的這也不難，因為小黑熊很聽話，我要牠不要吵牠就一聲也不吭，乖乖的縮在箱子裡面，一路上沒引起別人注意。

再次回到房間，藤原綾就坐到床上，詢問我到底老太婆跟我說了什麼。我據實以告，把老太婆跟我說的一切講給她聽。

「……不要跟我說，老太婆把那隻該死的小畜牲當作山神的小女兒了。」藤原綾歪著頭推論。

「雖然很不想跟妳這樣說，可是我想妳猜得沒錯。」我點點頭，說：「我後來想想，唯一跟她所說的山神有關的事情，就只有那會用魔法的黑熊媽媽了。妳想喔，黑熊媽媽叫我把小黑熊送回山上，會不會就是山神給我的神諭，要我送祂的寶貝女兒回家？」

「不知道。如果是的話，這山神真討厭。」

「吼嚕嚕嚕嚕！」

小黑熊生氣的爬上床，推倒藤原綾後用小爪子拚命的抓她；可是因為力氣太小，所以看起來反而像是在跟藤原綾玩。

這倒是造福我啊……藤原綾是個很愛穿裙子的女人，現在她跟小黑熊在床上玩得不亦樂乎，我也看得一乾二淨了。

藤原綾用手刀劈倒小黑熊，把牠扔下床後整理好衣服，對我說：「反正不管怎樣，明天的祭典結束後，我們再帶著牠去找老太婆吧！」

「嗯……要不然我也不知道該帶誰去找她。」

⊕⊕⊕　　⊕⊕⊕

山上的風景真的很漂亮，現在季節也剛好，很適合出遊；可是因為藤原綾不是來玩的，所以她沒心情跟我去閒逛；小黑熊又不可能隨時帶著到處走，會害我隨時被人抓去關啊！因此一早起床後，我只能關在這民宿裡看風景，心裡面總覺得很惋惜。

祭典是在下午舉行，預計要一直持續到深夜。

這是不開放給外人參觀的真正祭典。

藤原綾說，原住民同胞很多真正的祭典儀式，都不可以讓外人知道。會給外人參觀的，除了是些無傷大雅的歡樂慶典外，就是一些把魔法元素拿掉的精簡版本，就好像《論語》一樣。不過，拿掉的原因卻不像《論語》那樣是為了要洗腦民眾，而是因為祭典的魔法會讓不知情的外人留下後遺症，於是他們不得不採取這樣的措施。

今天之所以可以讓我們參觀，是因為我們兩個人都是魔法師，加上如果有問題要詢問的話，問大巫女不如直接問祖靈，所以才會開放讓我們進場。

下午，我們吃過烤山豬肉特餐後，就帶著小黑熊，坐車前往祭典的會場。然而會場布置在開車抵達不了的深山內，所以我們還是得偷偷摸摸的拉著小黑熊，沿著崎嶇難走的山路上山。

聚在這裡的原住民同胞很多，大家都穿上傳統的服裝，圍著營火在跳舞。他們的舞步都是經過長年的訓練，為了跳給祖靈看，取悅祖靈而跳的。之前在藝品店看到的大巫女，也穿上傳統服飾，身上掛滿各種裝飾品，手持一根木杖，在旁邊的高臺上手舞足蹈。

旁邊還有樂隊，用傳統樂器敲奏出原住民音樂，整個祭典的氣氛是熱鬧的、喧騰的、開心的。

他們一邊跳舞，旁邊幾個年輕女孩就端著食物上前，放在營火邊繞一圈。其實很多動作我都不懂它的涵義，但就當作是看表演、聽音樂的話，這其實是一場很不錯的文化饗宴。要不是因為知道這是具有魔法效力的，搞不好我還會想下去跟著他們一起同樂，而不是躲在旁邊看而已。

他們光是跳舞就跳到太陽下山、月亮昇起，然後先告一段落，眾人聚在一起吃那些放在營火旁邊的食物。也是到這時候我才知道，原來把食物放在那裡只是為了要用熱氣烤熟，沒啥特別涵義。

我和藤原綾也有分到一些食物，竹筒飯、烤芋頭、烤小鳥。這些是受到大巫女祝福的食物，吃下肚子可以讓身體健康。我是不太信啦，不過東西味道不錯是真的，就連小黑熊吃得也很高興。

這裡還有一段插曲，就是送食物給我們的年輕原住民勇士，一看到我們身邊有小黑熊，感到很驚訝。藤原綾趕緊解釋是大女巫寄放在我們這裡的，才沒讓那人起疑。

吃完飯後，音樂再度響起，但卻不同於下午的歡樂風格，而是走緩慢、偏哀傷的曲調。原住民時而高亢、偶爾低沉的歌聲，忽遠忽近的傳來，極有默契的合聲，讓這首不知名也不知道在唱什麼的歌曲有了生命力，足以感動任何一個聽見這首歌的人，甚至是我身邊的小黑熊。

我想小黑熊可能是想到媽媽，就移動身體坐到牠身邊，輕輕的摸著牠的頭。

歌曲唱完，大巫女就登場了。她在高臺上，拿著火把，用聽不懂的語言大聲的唸著祈禱文；隨著語調的高低、語氣的變化，她也有相對應的獨特步伐。最後，她將火把用力的對著營火扔了過去，扔了個正中紅心！

在這一瞬間，營火馬上飆高，就跟香爐發爐一樣，火舌向天空狂竄，變成起碼兩層樓高的通天火柱，還不斷的張牙舞爪。

這個時候，大巫女從高臺上一躍而下，落地的同時，把木杖用力的插進地面，然後整個人就沒有動靜了，身後的火焰也在一瞬間平息下來。

「來了。」

藤原綾在我身邊說：「他們的祖靈來了。」

我東張西望的到處找，卻什麼也沒有看到。結果倒是沒有動靜的大巫女突然就跟起乩一樣，開始用著完全不同的音調說話，語氣聽起來像是在對眾人訓話；不過因為使用的是原住民語言，所以我一句也聽不明白。

我正想問藤原綾知不知道人家說什麼的時候，大巫女突然伸手指向我們這邊，發出了一聲大叫後，就倒地了。

她這麼一指，所有的人都看向我們，我和藤原綾一下子就成了全場注目的焦點；偏偏我們都還不知道到底發生什麼事情了。結果，我身邊的小黑熊卻爬到我們倆面前，對著那些原住民發出可愛的吼叫聲。

現在到底演的是哪齣戲？我真的看不明白啊！

大巫女倒一下就醒來了，然後她向旁邊的人交代一聲後，那人就走向我和藤原綾，說要請我們過去。

我和藤原綾對看一眼，沒想太多的就走過去，小黑熊當然也跟著我們。

走到大巫女面前，看得出來大巫女氣色很差。她對我們說：「呼……你們到底是誰……為什麼祖靈一看到你們……會這麼害怕？」

我和藤原綾又對看一眼，面面相覷，不知道該說什麼。說到底，我們是來調查祖靈到底在害怕什麼，結果現在竟然變成我們就是祖靈害怕的對象，這立場變化的太快，我們根本不知道要說什麼啊！

結果就在此時，那個眼睛看不到的老太婆又出現了。她應該是很德高望重的人，因為她一登場，所有的原住民朋友都對她行禮問好。

老太婆沒有一一回禮，而是在藝品店店員阿金的攙扶下，直接走向我們這裡。她用原住民語言對大巫女嘰哩呱啦的說一大串，大巫女臉部表情就一直變化。等說到一個段落後，大巫女才翻譯給我們聽。

「婆婆說……你的身上有上古的神諭，那是我們看不透的真實，只有祖靈能解釋。」

大巫女說的人是我，可是我也不知道該說什麼，就看著藤原綾。

藤原綾就問大巫女說：「這是什麼意思？陳佐維到底怎麼了？說清楚啊！」

「我們看不懂，無法解釋……但是祖靈在害怕的東西，跟陳先生有直接的關係。」

這時候，老太婆又用原住民語言對大巫女嘰哩呱啦一大串，大巫女聽完，表情又變得很震驚。

這讓我感覺很緊張。就很像你去看醫生，看懂你病情的醫生一直跟旁邊的菜鳥醫生用專業術語對話，但又不跟你說你到底生了什麼病、嚴不嚴重，同時表情還凝重的好像你只剩下兩天壽命一樣啊！

「婆婆說，要舉行送靈儀式。」大巫女終於說了，她對我說：「我們要把你送到祖靈的世界去，讓你親自跟祖靈確認這一切。」

我抓抓頭，鬆了口氣後說：「什麼嘛……原來是要送我到別邊去問人啊！那搞這麼緊張幹嘛啊？」

「陳佐維，你快跑啦！」

藤原綾不知道發什麼神經，突然一腳把我踹開，對著我大喊：「你是白痴聽不懂嗎！送你去見祖靈就等於是送你歸西啦！快跑啊笨蛋！」

我被藤原綾一腳踹得倒在地上，還在一頭霧水的時候，藤原綾已經從口袋抽出兩張五星靈符，調動附近的五行火行元素點燃後，對著大巫女攻擊過去。

不過大巫女這頭銜可不是掛著好看的，她才不是什麼省油的燈，在輕鬆的閃過了藤原綾的攻擊後，她反過來一杖打得藤原綾手中的靈符脫手。

藤原綾轉頭一看我還倒在地上痴呆中，就又對我大喊說：「你白痴啊！還不快跑？傻在這裡等人家送你去見祖靈嗎！」

藤原綾這麼一喊，我就真的清醒過來了，也好不容易把「去見祖靈」跟「送你去死」做連結，知道要跑。可是已經來不及了，幾個原住民勇士已經把我包圍，一左一右的將我架住，讓我動彈不得。

這下我真的緊張又害怕了，拚命的掙扎著，大吼大叫：「靠腰！幹！把我放開啊！幹！」

可是罵再多髒話，兩旁的勇士就像聽不懂似的動也不動，抓著我的雙手更是堅硬的有如鐵鉗一樣。

藤原綾立刻從胸口——對，雖然她沒胸部，但她竟然把東西藏在那裡！——拿出一張折得很精緻的人形靈符，用拇指使勁的往中間按了下去。沒一下子，那些不知道埋伏在哪裡的黑衣人部隊，竟然一個又一個的出現，跟原住民勇士展開對峙。

現在我們的人數反過來比原住民同胞的人數還多了，而且要論強壯度，黑衣人也不輸他們的勇士，感覺我們比較占上風。

藤原綾轉身對那大巫女說：「叫你們的人把我的社員放開！不然我就叫我的人把這裡毀掉！」

大巫女搖搖頭，露出一臉苦笑，對藤原綾說：「藤原社長誤會了……我們沒有要殺死妳的社員的意思。舉行送靈儀式，只是將他的靈魂暫時引導到祖靈界，有點類似你們平地人的觀落陰。並不是真的要殺死他。」

一聽大巫女的解釋，藤原綾就知道自己出糗了。

雖然不能怪她，畢竟她也說過她自己對原住民文化不是很熟。可是她就是超不願意認錯，把臉別過去，說：「那……那你們把他架著幹嘛？這不是故意要引人誤會的嗎！」

「其實也是社長關心社員，出手在先，我們才會趕緊把妳的社員架住啊！」

啪！這番言論無疑又是給了藤原綾一巴掌，套句網路上的用語，就叫做打臉。

臉被打就是會不爽，所以藤原綾還是依舊生氣，說：「誰、誰關心他了啊！哼！是你們自己不先講清楚……啊啊啊！死陳佐維，都是你害的啦！」

「……關我屁事啊……我還被妳踹了一腳耶！」

在誤會解開，得知只是要讓我舉行類似觀落陰的儀式，而不是要殺死我之後，安心的藤原綾就坐到一邊去吃她的山豬肉、竹筒飯，看大巫女和老太婆怎麼作法引導我的靈魂前往祖靈界。

可是身為當事人，我實在很不能安心，再怎麼說，要抽離身體的靈魂可是我的，又不是藤原綾的！她當然可以吃飯吃得這麼心安理得啊！要是沒弄好，這三魂七魄沒回來、成了孤魂野鬼就算了，慘的是只回來一魂兩魄，整個人變成白痴，我這一輩子不就毀了嗎！

尤其是聽到「靈魂抽離身體，會對身體造成極大的痛苦」這種話之後，我當下真的只想跑掉啊！

不過，那兩個架住我的原住民勇士很有先見之明，從剛才誤會還沒解開，到現在誤會解開、說明完儀式流程，都一直架著我不讓我跑。

大巫女用泥土和草還有一些蟲子，調配出一坨黑泥，叫我把它吃掉。

哇咧！藤原綾做的魔藥感覺都比這東西好吃啊！我怎麼可能吃這玩意兒啊！可是不吃也不行，我想緊閉嘴巴，兩旁的大漢就硬是把我嘴巴掰開，讓大巫女把那坨黑泥灌到我嘴巴裡。

結果出乎意料，這東西竟然充滿青草芬芳的香味，還非常清涼，口感整個就像在吃小麥草口味的無糖冰沙一樣，還滿好吃的啊！

我把這意外好吃的魔藥吞下之後，就看著藤原綾。我是想嗆她說人家大巫女隨便抓一把土弄得都比妳熬兩小時的魔藥好吃，妳真的可以自盡了；可是她好像不知道我看她的用意，反而是因為看到我吃土吃得好開心，笑得超開懷的。

……我的搭檔怎麼會是這種人啊……

土吃掉之後，旁邊的樂隊就開始奏樂，大巫女也跳起舞蹈，口中還用原住民語言在唸唸有詞。她的語言和音樂，配合舞步，竟然讓我開始有種暈眩的感覺。我覺得整個世界都在旋轉。

大概是因為那土的迷幻效果已經出來了，不需要靠兩個勇士架住我了，所以他們就叫勇士把我綁在旁邊的木柱上，讓勇士去休息。我被綁在木柱上，繼續看著大巫女跳舞，繼續迷幻。

就在這個時候，突然從天空劈下一道閃電！

這閃電誰都不打，竟然打在我的木柱上！一下子就將綁住我的木柱劈斷！

突然有異常的情況發生，大家都感到驚訝，就連作法的大巫女也感到緊張；可是緊張和驚訝不會改變我被雷劈到的事實啊！

還不只如此，更慘的是被雷劈到之後，我整個人就跟著木柱在地上滾，好像有無形的人在推著我一樣，一路朝著旁邊的懸崖滾過去。

「陳、陳佐維！」

「吼嚕嚕嚕嚕！」

藤原綾注意到不對勁，一個箭步就衝上來要救我；可是她的速度還是不夠快，沒能撈到木柱。而同時衝向我的，還有那隻小黑熊。不過藤原綾追到懸崖邊就停下，小黑熊竟然奮不顧身的跟著我一起跳崖！

我就在這充滿迷幻的狀態之下，跟著木柱還有小黑熊一起滾落山崖！

我滾了好幾圈，碰撞好幾次，最後直往萬丈深淵掉下，摔進無限黑暗之中，摔他個粉身碎骨……

⊕⊕⊕　⊕⊕⊕

當我眼睛再度睜開的時候，發現自己身處一片迷霧之中。我感覺身體彷彿已經裂開了，也不確定自己是否還活著。我感到一陣反胃，就吐了出來，吐出一坨黑泥。

迷迷糊糊的，我看到一個又一個黝黑的原住民勇士，把我圍住。接著他們彎下腰，七手八腳的確認著我的傷勢。當確認我好像還活著的時候，就把我抬起來，在這片迷霧中走著……走著……

NO.004

妳願不願意餵我耳屎？

「吱吱喳喳……」

陽光從窗戶透了進來，洩了一地金華。這房間採光之好，床之難睡，都是造成我此刻清醒的主因，但我分不出來是哪個占比較大的比重。

醒來之後，全身都傳來撕裂一般的痛苦，這痛苦一開始是從四肢蔓延，集中到身體中間後，開始進行大幅度的擺盪，如同共振一般，以我的腹部為圓心，擴散出一圈又一圈的劇烈痛楚。

痛到令人掏心挖肺，痛到……宛如新生。

我，沒死。

……吧？

我在這堅硬無比的床上躺了一下，等到身體的痛苦程度減輕後，才緩慢的起身，環顧四周。

這是一頂帳篷。它開了一個洞當窗戶，陽光就是從那裡透射進來的。我躺的不是床，只是一塊表面比較平整的大石頭，鋪在我身下的是一大塊豹皮，沒有枕頭。帳篷不小，但是裡面沒有其他擺設，很空曠。

比較恐怖的是，我的軒轅劍竟然放在旁邊；難道它也跟著我一起跳崖？只是跳就跳了，我也沒有仔細去想原因就是了。

我下了床，伸展身體活絡筋骨；堅硬的身體發出啪嘰啪嘰的關節鬆開的聲音，有經驗的人就會知道，這實在是很爽的一件事情。

我的身上並沒有做任何包紮，也沒穿衣服褲子，只剩下一條四角褲。可以看得出來，我身上到處都是擦傷、破皮、瘀血，但是也就如此了。從山崖上摔下來不但沒死，還只有受到這樣的傷，連個手腳都沒斷，我真的不知道該說是祖上積德還是主角威能了。

這也證明一件事情，這世界上的山崖大概有百分之九十七跳下去不會死；不過還是不建議輕易嘗試就是了。

我把軒轅劍拿了起來，掀開布簾走出帳篷。迎接我的，是一個原住民小部落日常生活的景象。這裡有著一頂又一頂的帳篷，幾個皮膚黝黑的小男孩在部落裡跑來跑去；女人不是在紡織，就是在製作箭頭、獸刀；老人聚在一起聊天曬太陽，偶爾會看到幾個不認老的老頭在製作弓箭；沒幾個青壯男人，有的也只是因為受了傷在部落內休養。

大家都穿著很傳統的原住民服裝，很統一的都是用豹紋的，有些人頭頂會戴帽子，或者佩戴項鍊，都是用動物的尖牙做裝飾。

我的出現，在這裡顯得很格格不入；不但是個平地人，還只穿一條四角褲，手拿一把劍。從我走出來開始，大家都對我議論紛紛、指指點點的，不知道在說些什麼。

「你醒啦！年輕人。」一個原住民婦女走到我身邊說：「受這麼重的傷好這麼快，這絕對不是幸運可以形容的奇蹟啊！」

她很怪。她長得像原住民，穿得像原住民，可感覺不像是原住民，甚至不像是人；但硬要我說哪裡不是，我又說不出來，頂多就只能挑剔她國語異常標準這種小地方而已。

「這是……哪裡？」

「這我也不知道呢！山裡面爆發戰爭以來，我們就一直四處找尋新的地點躲藏。這已經是第三個躲藏的地點啦！不過如果你硬是要我說的話，我也只能說這裡大概是靠近花蓮的山上。」

「……花蓮？」我皺著眉頭，說：「我不是在南投掉下山崖的嗎？怎麼睡起來就在花蓮了？」

「喔，我們族裡的勇士發現你到現在，已經過了四天啦！這幾天你一直高燒不退，好幾次差點就死掉啦！」

我這一覺睡了四天，那可真的是破我自己睡覺的紀錄了！但這也沒啥好開心的，我應該開心我沒死掉才是。

這時候我突然想到，當初跟我一起掉下來的還有一隻小黑熊，就趕緊詢問：「那個，應該有隻小黑熊跟我一起掉下來吧？牠現在在哪？有沒有怎樣？」

女人遲疑一下，雖然很短暫，但還是被我察覺到了。她說：「沒看到小黑熊呢！當初就只有發現你在山谷裡而已。」

我認為她一定知道小黑熊在哪，可是不想跟我說。這讓我對她就起了戒心。她給我的情報跟我之前得知的情報串在一起，讓我覺得這女的……或者這裡不是個好地方。

這女人剛才有提到山裡面爆發戰爭，我想這可能就是土地公落跑的原因，就好像假設今天某個地區發生戰爭，我們會把放在那裡的大使館先撤掉一樣。然後黑熊媽媽一定是因為這場戰爭才會逃出來求救，結果被陷阱夾住。再推論回去，小黑熊有可能被這些人綁走了，就是跟她所說的戰爭有關。

「要不要吃點東西？」女人看我一直不說話在思考，就笑著問我。

我點點頭，笑著說：「好啊……假設我真的四天沒醒，那我少吃十二餐耶！真的快餓死了！」

「那你稍等一下，我馬上幫你準備餐點。」

我倒是不怕他們在食物裡下毒。因為要是他們想搞死我，當初我掉下山崖別理我就好，應該沒必要繞這麼大一圈把我救活、還下毒害我。況且真要是被這麼惡搞，那我也認了！反正當初摔下山崖，心裡面想的就不是我還有機會可以活下去了。

女人準備了很豐盛的料理，或者該說是她能力所及內可以準備的豐盛料理。因為送上來的幾乎都是水果類，唯二的熟食是一管竹筒飯，還有蜂蜜炒山豬肉，還炒焦了。

雖然如此，我可是真的很餓啊！或者該說，本來沒有很餓，食物一出現我就餓到不行。我要把這些接近全素的餐點狼吞虎嚥到一乾二淨啊！

「吃慢點，還有很多呢！還要再吃嗎？」女人看我吃得這麼開心，笑咪咪的詢問。

「唔唔，好啊好啊！」

吃飽之後，她還給我一杯蜂蜜水解渴。要知道，現在蜂蜜越來越貴，想去紅茶店喝個蜂蜜奶茶都不見得有啊！這麼一大杯蜂蜜水直接喝下去，真是清涼解渴又甘甜好喝。

我一邊吃喝，一邊聽那女人向我介紹他們族以及所謂的戰爭是怎麼回事。

他們族叫做「督瑪」，不隸屬於原住民官方承認十四族的任何一支，平常都是靠打獵為生，幾乎不跟外界接觸。跟他們爆發戰爭的，是自上古時代就跟他們是世仇的「利庫勞悟」。戰爭的主因是督瑪的酋長因為不明因素進入瘋狂狀態，殺死了三個利庫勞悟的小孩，還打算單槍匹馬的殺光利庫勞悟的人，結果反過來被利庫勞悟的人抓住。督瑪派出談判的使者，覺得利庫勞悟要求的賠償太過分，兩邊談不攏就打起來了。

雖然督瑪的勇士都力大無窮，一拳可以打死一個利庫勞悟的勇士，可是利庫勞悟的勇士很敏捷，又很狡猾，常常設下各種陷阱，或者調虎離山的同時攻擊只剩下女人及小孩的

現代
魔法的師
傀儡之舞
這個
那個哎喲～
佐維O-Ba，人家是第一次到臺灣，
你趕快帶人家去逛夜市吧！要手・牽・手哦♥
吐槽系作者佐維＋知名插畫家Riv
《現代魔法師03》雪色的12月，韓潮來襲！
典藏閣
華文聯合出版平台
www.book4u.com.tw
采舍國際
www.silkbook.com
不思議工作室
立即搜尋
版權所有© Copyright 2013

督瑪。

前幾天最慘，利庫勞悟趁著督瑪的勇士外出巡守的時候，殺進部落內偷襲；不但殺掉許多女人和小孩，還連代理酋長也殺了，原本酋長的妻子和女兒更是被打跑到下落不明。雖然酋長夫人一直到現在都沒找回來，但是督瑪公主倒是在幾天前回來了。

女人講到這裡，話題突然就轉到督瑪公主身上了。她說督瑪公主的頭髮跟絲一樣細，跟炭一樣黑，眼睛比日月潭的泉水還漂亮，是他們督瑪族最漂亮的女孩。聽說當初利庫勞悟就是要督瑪把公主也當成賠償的條件之一，才會因此打起仗來。

其實我對督瑪公主沒啥興趣，就只是聽聽罷了。畢竟這世界上公主一大堆，真正漂亮的好像也沒幾個，可是底下的人總是愛講自己家公主漂亮啊！而且我就認識一個叫做藤原綾的魔法界公主，根本有公主病，想到就覺得很恐怖。

吃飽喝足之後，女人拿了件他們的衣服給我穿。這是一套連身的服裝，中間用腰帶區隔上半身和下半身；另外還給我一雙獸皮鞋。

所謂人要衣裝、佛要金裝，雖然我不是原住民同胞，但衣服一上身，整體還是有那麼一點意思。唯一的敗筆大概就是還搭了把軒轅劍，感覺很不倫不類。

還得說一句，這傳統服裝是裙裝，走路的時候一直覺得下面涼涼的，算是多少體會了一下女孩子穿裙子的感覺。

換好衣服，女人就拉著我去附近帳篷，跟其他女人話家常。她們講的都是再標準不過的國語，每個女人都在製作箭頭。一開始帶著我去的女人意思是叫我幫忙她們。你知道的，有句話叫做拿人手短、吃人嘴軟，我衣服穿了、東西吃了，不幫點忙也說不過去，就坐下幫忙做箭，還得聽她們性騷擾我。

「唷，小弟細皮嫩肉的好可愛哩！還沒結婚的話來我家當女婿呀！」

「啊～要不是人家早嫁了幾年，現在給你當老婆，你要不要呀？」

諸如此類的對話一直沒停過，我臉皮又薄，所以整個下午都是在臉紅狀態下度過的。

到了傍晚，就聽到整齊的腳步聲從部落外面傳來。幾個女人把箭頭一丟，嘰哩呱啦的跑了出去，我也跟著跑出去，想看看是怎麼回事。

只見一群整齊的部落勇士，手拿獸刀，背著弓箭，從外面的樹林中出現，步伐一致的往村子裡走。看來他們就是所謂的督瑪勇士了。

果然跟女人一開始向我介紹的一樣，每個勇士都人高馬大，肌肉看起來非常健壯，孔武有力，感覺一拳就可以把我打死。尤其是走在最前面的那個，滿臉還塗上黑色的油彩，胸前還畫一個白色的大V，加上比一般原住民更黝黑的皮膚，遠遠看去還真像是一頭全副武裝的臺灣黑熊。

「把今天的戰利品丟出來！」

「喝啊啊啊啊！」

帶頭的全副武裝黑熊男大吼一聲後，後方的眾勇士就跟著興奮的大吼大叫。他們把七、八頭山豬，和兩、三頭梅花鹿，還有五、六頭雲豹等動物的屍體，統統丟在地上。

這一幕我真的完全嚇傻了！開玩笑，是梅花鹿和雲豹耶！那可都是保育類動物啊！就算不提梅花鹿好了，雲豹是幾乎認為已經滅絕的生物，你們竟然找得到？找到就算了還忍心殺掉？有沒有搞錯啊！

我當然不敢這樣嗆他們，畢竟這裡人家的地盤，我也怕嗆一嗆自己就變成屍體然後躺在雲豹身邊。我只好閉緊嘴巴，看著他們歡樂慶祝的樣子。

那個全副武裝黑熊男遠遠的就看到我，然後指著我對我大吼一聲別動，我就真的被震懾到動也不敢動了。他邁開大步，走到我面前。黑熊男遠遠看就已經很大隻了，走到我面前，我更是要抬頭看他才可以看到臉，搞不好超過兩百公分，一點也不誇張。

他對我露出笑容和雪白的巨牙，揮手用力的拍了我的肩膀，大喊：「好樣的，夠強壯！這麼高摔下來還不死！」

他原來只是要來給我按個讚，可是這掌真的差點把我打到吐血啊！

「呃……命大命大，謝謝……」

「好！」那黑熊男轉身對著眾人大吼：「今天晚上就來開慶典，慶祝他大難不死！大家說好不好？」

「好啊！」

於是這個村子就這麼莫名其妙的進入慶典的準備。

由於料理是女人的事情，所以男人們把我拉到旁邊去，說要試試我的力量還有勇氣。

他們測試的方式很簡單，就是發給我一根木棒，要我跟他們派出來的勇士對打。

我手裡拿著木棒，看著他們派出來跟我對打的對手，滿腦子想的都是我怎麼可能打得贏這傢伙啊！對方是個全身長滿肌肉，沒有兩百也有一百九十公分這麼高的彪形大漢，手臂比我的大腿還粗，肩膀那塊肌肉比我的人頭還大！他不用拿木棒就比我拿軒轅劍上場還嚇人啊！

「注意啦！」

彪形大漢的攻擊模式很簡單，就是無腦的拿著木棒亂揮亂打，沒有招式、套路可言。即使如此，被他貓到的地面卻直接被挖出一個大洞來。要是被他貓到一下，我看晚上慶祝我重生的慶典可以直接改成辦我的喪事啦！

不過，雖然他力氣大，但速度卻慢。我靠著那好到嚇死人的反應速度，讓對手連我的邊都摸不著，還用木棒偷打他好幾下。只是這樣那些大漢就不滿了，一直在旁邊嗆我不是男子漢，只會逃命，跟利庫勞悟一樣狡猾、娘娘腔。

其實我也知道我這樣一直閃來躲去凹人家血不是很光明正大，可是我要是跟他光明正大，下場大概就是死路一條啊！

最後那個一直被我凹血的大漢真的不爽了，手中木棒一丟，雙膝一跪，雙手著地，雙眼狠瞪著我，擺出一個詭異的姿勢。接著他突然發出野獸般的吼叫聲，然後有如砲彈一般的朝我飛撲過來。

這一下快到我閃不掉啊！直接就狠狠的被他撞上！一下子就聽到啪嘰的骨頭爆裂聲，狼狽的有如斷線風箏般在空中飛翔。

一看我被撞到飛上天，大家才知道玩過火了。在我落地之後，他們趕緊七手八腳、偷偷摸摸的把我抱到附近的帳篷，一大堆人回去自己的小窩拿出各種秘藥往我受傷的地方一陣亂抹。他們的藥很神奇，不是障眼法魔藥那種抹心理安慰的，而是一種真正可以快速療傷的神奇藥膏。才剛抹上去，我感覺身體一陣清涼，痛苦馬上就好了。

那票高大的男人一看我沒事了，每個都跪下來跟我誠懇的道歉。說實在話，雖然這件事情真的是他們太北爛才會搞成這樣，可是一下子大家都對我下跪，我臉皮又實在有夠薄，就尷尬的趕緊要大家起來，也不追究這件事情了。

倒是我們走出帳篷，好幾個女人就衝過來唸這些愛玩的男人。想必是剛才回去拿藥的時候說溜了嘴吧？我看到他們這樣的交流，心裡面一個開心一笑出來，就真的是一點疙瘩都不留了。

太陽終於完全的沒入山脊，月亮也高掛天空。

大家圍著升起的營火唱歌跳舞。他們不用樂器，唱的歌也沒有歌詞，就是亂哼；可是亂哼就能哼出美妙的樂章，還可以有三部重唱的效果，我真的只能說原住民同胞的音樂細胞不是我們平地人可比的，太音霸鬼神了。

他們的舞蹈也很隨興。沒有刻意編排的舞步，就只是男男女女圍著營火，隨著音符擺動身體，舞出心靈的愉悅和身體的生命力。這大概就是所謂的最原始的舞步了。我坐在旁邊看著，也覺得很好玩。反正大家都是亂唱亂跳，開心就好，就一個人在一邊隨著音樂扭動身體。

吃的東西也很隨興。就是今天打獵的戰利品，雲豹、梅花鹿、山豬，很豪邁的架在營火上燒烤，用獸刀切下來裝在荷葉上分傳給眾人食用。還有清涼的蜂蜜水，以及各種香甜的水果。

「督瑪公主也來啦！」

不知道是誰喊的，之後就有越來越多人向督瑪公主打招呼。這讓我也想看看公主的真面目。

雖然下午我還說沒興趣，可是既然她要出現了，那……那就看吧！

就看到一個身材嬌小玲瓏的黝黑少女，穿著混雜獸皮、粗布、流蘇的漂亮衣裳，戴著一頂用獸牙——他們說是雲豹牙——裝飾的皮帽子，還有一串雲豹牙項鍊，在眾人的歌聲下，踏著舞步般的步伐進場。整體來說真的是一個很可愛很可愛的少女，不過如果你要問我喜歡不喜歡，那我會說……

……人家了不起就是國中生年紀，我可沒這麼禽獸好不好！

督瑪公主的舞步有種神奇的魅力。你說不出來她跳得好不好，可是你就是會目不轉睛的一直盯著她看。她就這樣繞著營火轉圈，直到歌聲終止後，才擺出一個漂亮的姿勢當作結束，接受眾人的掌聲。

我不例外的鼓掌叫好，除了這舞真的跳得不錯外，我也挺怕要是不鼓掌，我會被推進營火裡去烤。

督瑪公主抹一抹額頭上的汗水，漂亮的雙眼掃過在場的眾人。最後她看到我，就對我露出漂亮的笑容。

這一瞬間，我才覺得她很美。她剛才看起來不怎麼樣，可是笑起來的時候，美麗程度會瞬間放大兩千倍。

她笑著轉身，走向屬於她的位置去。

這小插曲結束後，大家又繼續唱歌跳舞。接著有好幾個女孩想過來跟我邀舞。我是不知道原來我這麼有魅力啦！雖然我臉皮薄，可是在被好幾個人硬拱出來的情況下，我還是被其中一個女孩得逞，拉出來，隨著音樂扭動身體。

雖然我說過大家都是亂跳，可是自己一個人躲在旁邊亂跳，跟跑出來和另外一個人一起亂跳給別人看，心裡的壓力是不一樣的。我越跳越覺得自己跳得很爛，越跳越覺得尷尬，正想找機會開溜的時候，現場突然一陣騷動。

跟我對舞的女孩突然先閃人了，接著就是那督瑪公主跑來跟我對舞。她露出燦爛的笑容，開心的繞著我旋轉，接著拉著我的手，引導我的身體跟她一起融入到音樂的節奏中。

這一瞬間我突然有種很強烈的感覺，我認識這個督瑪公主。雖然我是第一次看到這個女孩子，可是我覺得我對這個督瑪公主很熟。

「我認識妳嗎？」我問。

「什麼？」

督瑪公主沉醉在音樂中，似乎沒聽清楚我的問題。於是我又大聲一點，問：「我說，我認識妳嗎？」

我敢說督瑪公主這次一定聽清楚了，因為她又對我露出神秘而美麗的笑容，不過還是什麼都沒跟我說。我們兩人的對舞一直到了音樂結束、中場休息，才跟著結束。她拉著我的手，帶我回去她的位置上坐下。

「聽歐碧說，你在找小黑熊？」督瑪公主一邊把她面前的食物還有蜂蜜水分給我，一邊問我這個問題。

聽到公主這樣問，想必是有小黑熊的下落了。我趕緊對公主說：「對啊！妳知道小黑熊在哪嗎？妳說的那個歐碧，早上還跟我說沒看見咧！」

「那是我要她這樣說的，因為小黑熊在我這裡，我希望能親自確認幾件事情。」督瑪公主把東西分好後，就輕鬆的坐了下來，不在乎形象的用手直接抓取荷葉裡面的烤肉吃了起來。

「確認……什麼事情？」

督瑪公主很認真的盯著我，問：「你……很喜歡小黑熊嗎？」

「啊？」我不明就裡，反問：「問我這個幹嘛啊？」

「你管我，我就是想知道！」督瑪公主嘟著嘴，耍著小任性。

「唔，喜歡啊！雖然牠有時候很煩，還會跟藤原綾打架，不過我很喜歡小黑熊。」

「那是因為那女人對你太差了，我看不過去才會打她的。」

「啥？」

督瑪公主好像也意識到自己說的話有點奇怪，趕緊搖搖頭，說：「我是說，你喜歡小黑熊的話，晚上就到我的帳篷來找我。我會讓你們見面。」

說完她趕緊站起來，離開了慶典的現場，留下一頭霧水的我，還有滿場的歡樂氣息。

慶典結束後，我找了幾個路人詢問督瑪公主的帳篷在哪。不管男女，在回答我問題的時候，都露出曖昧且詭異的表情，看得我挺不舒服的。

想想也是，晚上沒事跑人家公主帳篷，鐵定有問題。所以我只好趕緊加上一句我要去找小黑熊，來破解他們的胡思亂想。不過這招也沒啥用，大家搞不好還只把小黑熊當作我對公主的親密稱呼，笑得就更淫蕩了。

我好不容易找到公主的帳篷，本來想說敲敲門再進去比較有禮貌，但是因為沒有門，所以只好站在外面對裡面喊我來了。接著便聽到公主的聲音從裡面傳來，叫我進去，我就進去了。

這公主帳篷也很簡陋，什麼都沒有，只有幾個看起來沉甸甸的箱子放在那裡，還有一塊鋪了豹皮的大石頭。公主坐在石頭上，還是保持著剛才參加宴會時候的盛裝打扮，感覺已經等我很久了。

不過我的心思不在她身上，而是盯著那幾個箱子。感覺那些箱子大小很適合拿來裝小黑熊，心裡面總覺得很不安。這票人連已經絕種的雲豹都殺了，那只不過是瀕臨絕種的臺灣黑熊，大概更是殺得一點都不眨眼。

所以我就問了。

「……小黑熊呢？」

督瑪公主下了石頭，走到我面前，笑著說：「你就真的只是來找小黑熊的？」

「廢話，不然我還來這裡幹嘛啊？欸，妳都不知道啊！剛一路上我找人問妳家住哪，每個人都把我當成色鬼咧！妳快點把小黑熊交出來證明我的清白啊！」

公主搖搖頭，發出銀鈴般的笑聲。

她又走回去坐好，說：「我跟你說個故事。」

「一個月前，我的父親，也就是督瑪的酋長，在某次與神靈溝通的時候，進入了瘋狂的狀態。他被某種不可以說的上古元素迷惑，因為心底的恐懼導致智慧的崩潰，繼而無法控制自己的身體，化作完全的瘋狂。」

「後來我父親竟然把恐懼推移到我們世仇的部落——利庫勞悟的身上。因而鑄下大錯，殺死了三個利庫勞悟的小孩，打傷無數個利庫勞悟勇士。最後父親被憤怒的利庫勞悟抓住，並以此來向我們要求鉅額且不合理的賠償，包括要我們把這座島上祖靈的管轄權分七成給他們，我們未來的收穫必須奉獻給他們，還有我和媽媽也必須獻給他們的酋長。」

「我們實在無法接受這些條件，於是我們兩族在新仇舊恨的交織之下，戰爭終於爆發。利庫勞悟的人數雖然不及督瑪多，但是督瑪失去領袖，加上利庫勞悟又很狡猾，開戰至今，反而是占人數優勢的督瑪節節敗退；不但原本的棲息地被侵占，女人和小孩被強擄，還死了一大堆勇士。」

「有次利庫勞悟的突襲，是趁著督瑪勇士巡山的時候，偷襲督瑪部落。這場仗非常慘烈，根本就是屠殺。媽媽為了要保護部落的老弱婦孺，就帶著我自願出來投降，用我們兩人讓利庫勞悟停止這次的屠殺。」

「我們利用在利庫勞悟族內的短暫時間，跟父親見了面。父親已經恢復了一點點理智。他把他想說的話化作神的語言附在母親身上，給我們逃走的力量，要我們去找尋能破除他恐懼的繼承者，結束這場戰爭。」

公主所說的就是之前督瑪族女人向我說的戰爭，不過是加長版本。我越聽越覺得，這到底跟我還有小黑熊有啥關係？正當我實在受不了、想要打斷公主的時候，公主卻說到主題了。

「我們下山之後，發生了很不幸運卻也很幸運的事情。母親誤觸平地獵人的陷阱，而後又慘被山鬼殺死。但幸運的是，在這個時候，母親找到了可以結束這場戰爭，破解父親恐懼的繼承者，將神的語言附在那人的身上。」

「……妳不是想說……」我抓抓頭，有點不敢相信的問。

公主站了起來，把手放在自己的胸口，做一個很像是自我介紹一樣的動作，說——

「是的，我就是小黑熊。」

我靠！小黑熊變成國中妹了啊啊啊啊啊！

督瑪公主承認自己是小黑熊之後，就拉著我走出帳篷。這時候我才發現，帳篷外面竟然已經聚集了一大堆人，估計是全督瑪的人都在外面偷聽啊！

所有的人一看到我們出來，竟然統統下跪，用半跪的姿勢，左手掌心向內貼在胸口上，露出看救世主一樣的表情看著我。

就連我身邊的督瑪公主也同樣下跪，做出一樣的動作。

「繼承者大人，請您一定要助我們督瑪一臂之力，擊退利庫勞悟，拯救酋長！」

公主半跪在地上說完，底下的群眾就跟著大聲的覆誦一次。

我還沒從小黑熊就是公主的震驚中恢復，馬上又要面對一大堆群眾的請求，一下子真的不知道要怎麼辦才好。

我抓抓頭，看看公主，又看看底下的群眾。公主看我有猶豫，就又說一次剛才的話，並且在後面加上一句「不然就長跪不起」，其他群眾也都這樣喊，硬是要逼我同意。

我不知道我同意之後可不可以完成他們所說的事情，可是我知道我不想害大家在這裡跪到膝蓋統統爛掉，就只好先答應下來。

督瑪族聽到我同意要幫忙他們，一個個人發出了歡呼聲，好像仗已經打完了，而且還獲勝了一樣高興。

我實在覺得很尷尬，趕緊先把公主扶起來，拉著她躲回公主帳篷再說。

「喂！妳知道我沒這麼厲害吧！」我很緊張的對公主說：「妳都觀察我那麼多天了，看不出來我除了有把不知道怎麼用的軒轅劍以外，啥都不會嗎？」

「我相信你不會令我失望。」公主走到石床上坐好，說：「你可是父親指名、母親託付的繼承者，他們不會看錯人的。而且你不也已經答應了嗎？」

「我靠，那是因為那種情況之下不得不答應的啊！誰知道你們再喊一次會不會有更扯的威脅手段啊！」

「誰威脅你了啊！」

「馬的，全族跪在我面前說我不答應就不起來，不是威脅是什麼？」

公主嘟著嘴，別過頭去說：「我……我可沒打算讓你做白工！看看那邊的箱子吧！那些都是我們督瑪族的寶藏，裡面有你們平地人最喜歡的珠寶。只要你能幫助我們打勝仗，就全部都歸你啊！」

「我靠，妳聽不懂人話是不是？就說了不是因為什麼，是因為我根本就知道我自己不行啊！」

「那、那不然你要怎樣才有辦法打贏嘛！」

「我要去找救兵啊！」我說：「就是那個藤原綾啊！不然把她老媽也找來，或者誰都好，反正我自己不行啦！」

「這就真的沒辦法了……」督瑪公主搖搖頭，說：「你還記得你是怎麼來到這裡的吧？」

「呃……就是從山崖上摔下來的啊！啊啦啦～跳崖這舉動是比較難說服人啦！可是既然大家都住在這裡，就表示有其他路可走啊！妳把出入口跟我講，我回去開坦克過來輾平利庫勞悟啦！」

「你不是單純的因為跳崖就能進來這裡的……還記得在那山上，那個大巫女說要舉行送行儀式吧？她說要送你去見祖靈，結果被閃電中斷……你記得嗎？」

「這麼驚險的事情怎麼可能……」

說到這裡，我突然想到一件很恐怖的事情。

「妳不是現在要跟我說……我其實是已經在跳崖的時候死掉了，才有辦法進來這裡的吧……」

公主噗哧的笑了出來，搖搖頭說：「不是啦！不過除了你以外，就真的只有靈魂才能來到這裡。」

公主站了起來，張開雙手向我說：「這裡是【祖靈之界】，是靈魂回歸的地方。」

「要來到這裡，死亡是最快的途徑。所有死亡的靈魂都會回歸【祖靈之界】，保佑島上的一切；但是你不一樣，父親當初交給母親，母親又交給你的神諭，就是讓你可以保持肉身，以活人的狀態進出這裡。所以你就算想討救兵，也要對方願意為你而死才行。單純靠送行儀式進來的靈魂，是不會被祖靈承認的。」

那這下完蛋了啊！藤原綾是那種說兩句就想殺死我的人，怎麼可能為我而死啊！餵我耳屎還比較像她的風格啊！

聽了公主的解釋，我有點洩氣，我知道必須要靠我自己了；可是我自己的本事有多大我最清楚。沒有魔力，五行劍法不靈，軒轅劍又鈍得跟鐵棒一樣，還有不知道在什麼條件下才會發動的黃金劍氣……這樣的我，是可以幫這些人幹嘛？搞不好到時候真的出去打仗，我第一個回合就被號稱很狡猾的利庫勞悟要賤招幹掉啦！

我洩氣的坐在一邊，心裡想的都是到底要怎麼辦。這個時候，公主走到我身邊，給我一個很用力的擁抱。

「你還有我啊！」

我轉頭看著公主，突然想到當初也是她老母對我使用不知名魔法，我才會莫名其妙的劈出一道黃金劍氣，才有辦法解圍。現在聽到公主這樣說，我點點頭，「是啊……妳只要也可以跟妳老媽一樣幫我上BUFF，我揮出劍氣的勝率目前為止可是高達百分之一百啊！」

誰知道公主卻搖搖頭，摟著我說：「我不知道媽媽對你使用過什麼魔法，可是我不會使用魔法。」

「靠腰！妳不會使用魔法？會變身成熊那好歹該是個德魯伊吧！」我驚訝的吐槽，然後趕緊又問：「那妳到底可以幫我什麼？」

「我……我可以幫你加油！」

這番話一說出，我相信我臉上應該刻滿了斜線和橫線，多到可以在上面玩圈圈叉叉。

「……那還真是感謝妳喔！」

「我跟你開玩笑的啦！」公主笑著輕輕的推了我一下，然後把她脖子上的項鍊拿下，要我把頭伸過去。

我不疑有他的把頭伸過去，她就把那串項鍊掛在我的脖子上，說：「這是我們部落酋長的信物。雖然你是外地人，但只要族人看到這條項鍊，就必須要聽從你的指揮。」

「呃……這樣不好吧……我又不懂打仗！」

「可是我能做的也只有這樣了……」

帳篷內就這麼陷入一片沉默。

過了一段時間公主才說：「啊！有了有了，我都忘記了！雖然我不知媽媽對你使用的是什麼魔法，但我可以直接看你的記憶，然後去找部落裡會使用同樣魔法的人來幫你！」

「真的假的？這樣也行？」

「你頭再過來一下，很快。」

我又把頭伸過去；不過這次她卻伸手將我的頭輕輕的捧住，閉上眼睛用額頭貼著我的額頭。前面提過，對方只是很漂亮的國中生，不在我守備範圍內。可是……雖然年紀小，但她是正妹的事實不會變啊！這麼額頭貼額頭的，實在讓我覺得很緊張，索性也把眼睛閉起來，當作沒看到。

結果閉起來更慘，好像更害羞了。

過了一段時間，公主才放開我。我眼睛睜開就看到公主也跟我一樣滿臉通紅，想必是因為女孩子要做這動作多少也會害羞導致的。

「那個，妳看出來沒有？」我趕緊問，想破解彼此的尷尬。

公主羞紅著臉，點點頭。

「那、那是什麼魔法啊？」

「是……」公主看了我一眼，又低頭不看我，又看了我一眼，很猶豫不決。最後好像終於下定決心一樣，說：「你、你把眼睛再閉起來。」

「啊？還要閉眼睛？」

「閉就是了嘛！」

「喔……」

我又把眼睛閉上，想說公主大概沒看仔細，要再多看一次。一直到她伸手把我的臉又捧住，我都還是這麼想的。但這次卻不一樣，因為我感覺到她的臉離我更近，嘴脣直接就貼上我的嘴脣。

「唔唔唔？」

她的舌頭非常主動的伸進我嘴巴裡面，把混著她血液的口水一直往我嘴裡面喇，而我也才知道，原來公主已經先把自己的舌頭咬破了。

幹！又來一次！

我們喇舌喇超久，我嚥下好幾口她的血之後，雙脣才分開。分開的時候中間還牽絲……馬的！又是血絲！再多搞幾次，我一定會對接吻有陰影啊！

公主別過頭去，害羞的說：「……已現耐已應噁已用我呃哦意呃喔！」

我靠，聽不懂啊！妳舌頭都破掉了講話口齒不清啊！而且不管妳想說什麼，假設妳想用公孫靜小姐上次那招幫我提升魔力，妳自己也要有魔力啊啊啊啊！妳都不會魔法了，用了有屁用啊啊啊啊！

公主知道自己講話變很怪，趕緊把嘴巴摀住，吃驚的看著我。我也很尷尬的看著她。兩個人尷尬到不行，帳篷裡沉默的連根針掉地上的聲音都能聽見。

「……我、我會想辦法幫你們打贏這場仗……那個、很晚了，我先回去睡覺了……」

「唔……嗯嗯……」

我隨便找個理由就退出了帳篷。到這個時候，我注意到外面那票偷聽的還沒走。他們一看到我滿臉通紅的退出來，反而還爆出巨大的歡呼聲。

這票人完全不管我現在只想找洞鑽進去……這真的是……到底在想什麼啊！

NO.005

督瑪部落奪還戰

由於我已經承諾會幫助督瑪打敗利庫勞悟，所以隔天督瑪勇士要去巡山狩獵的時候，我也把軒轅劍帶著，跟在隊伍裡走。昨天帶頭的那個黑熊男力邀我走到最前面跟他一起領導眾人，雖然我有酋長印記，但我還是很有自知之明，乖乖的待在隊伍中就好。

我一邊走，滿腦子想的都是小黑熊公主昨天白爛的舉動。

當然，我不會因為被親這麼一下就喜歡上人家，畢竟同樣的舉動有另外一個長相、身材都比公主好上兩億倍的公孫靜對我做過，我都沒有因此喜歡上公孫靜了。可是莫名其妙就被人強吻，這實在還是很難讓人接受。

我們這次出來不是單純的亂走和打獵而已，主要是去觀察利庫勞悟那邊的情況。利庫勞悟把督瑪本來的居住地侵占了，所以當務之急，是先把原本的居住地要回來，安置族裡其他沒作戰能力的小孩和女人，之後才可以無後顧之憂的去利庫勞悟的大本營，打敗他們，把督瑪酋長救出來。

督瑪原本的居住地也是在森林內，不過距離督瑪現在短暫居身的地方有點遠，要走很久才會到。今天手氣也不太好，走了一早上都沒有收穫。到了中午，大家決定休息一下，吃過午飯再繼續上路。

完成輪流休息、吃飯的輪替名單後，我就跟其他一樣先休息的人一起，找了棵大樹，坐在樹下吃午餐。我的午餐是公主在早上的時候幫我準備的，就是大家耳熟能詳的竹筒飯。這東西聽說當初是因為原住民同胞打獵的時候，為了方便攜帶才會誕生的一種美食，可以說是最古老的便當之一。

我注意到一件事情，除了我以外，其他的勇士都是吃水果。我就湊了過去，詢問其中一個看起來很年輕，但同樣強壯的勇士：「你們只吃水果，會飽嗎？」

「啊～當然不會啊！」那年輕勇士露出燦爛的笑容，說：「我也想吃肉。可是現在這種情況，糧食都吃不夠了；家裡還有小孩也要吃嘛！就只能吃水果充飢囉。」

「你家那小鬼，多吃點趕快加入我們，把利庫勞悟打到叫不敢啊！哈哈哈！」

聽著他們的笑聲，我低頭看了看我的竹筒飯。

公主很酷，除了在竹筒裡面塞飯以外，還塞了不少昨天剩下來的肉塊，所以不但很好吃，也很豐盛。只不過對比他們只能吃水果，我有這麼豐富的午餐，我就覺得很不好意思。於是我把另外一個竹筒打開，將裡面混著肉的飯拿出來，想說要分給大家一起吃。

「繼承者大人千萬別這樣啊！」

我才剛說完我的用意，那些強壯的勇士就趕緊拒絕。

一開始被我問話的年輕勇士說：「大人您看起來這麼瘦小，多吃點才能配得上我們家公主啊！這公主親自替您做的竹筒飯，我們怎麼好意思吃咧！」

我不知道他這番言論是有心還是無意；不過一說出來，我就覺得更不好意思了，紅著臉捧著竹筒飯退回一邊，默默的吃午餐。倒是這舉動又惹他們哈哈大笑，豪邁的說我不夠男人，公主都比我有男子氣概的多。

嗚，人家只想早點回家睡覺，你們幹嘛這樣啦！

雖然他們很愛笑我，可其實他們對我很好，因為對他們來說，我真的超瘦小。我看了看，這票督瑪勇士平均身高起碼突破一百九，最矮的也快比我高一個頭。更不用說每個人都天生神力、健美先生一樣的肌肉。

總之，在我的身材相對瘦弱的情況下，我除了可以多吃點東西，還不用幫忙輪替守衛，直到休息時間結束。

休息夠了，大家就繼續上路了。

當帶頭的超強壯黑熊男打手勢要我們做好準備的時候，我就知道，我們已經接近督瑪原居住地了。

超強壯黑熊男把我們依兩個兩個一組的方式分好隊，每個小隊都有不同的觀察點和任務。我自己就跟著那超強壯黑熊男一起，負責到附近最高的制高點，觀察整體地形和統整各小隊回報的情報。

這裡本來就屬於督瑪管轄的區域，因此哪裡是制高點，超強壯黑熊男可說是一清二楚，完全不遲疑的就領著我往旁邊的山上爬。到了他認為的制高點後，我也才得以窺見這地方的全貌。

那是一個小要塞的樣子。外面有石板和泥土混合築起來的圍牆。四個邊都有門，四個角都有塔。塔上、牆上都有利庫勞悟的勇士在站崗。城牆內部，則是一間又一間的石板屋；用木頭和石板混在一起，屋頂在鋪上茅草。整個要塞規劃的很有規律性，感覺比臺北市還整齊……

啊不對！隨便一個城市都比臺北市整齊，所以不能這樣比。

「看吶，繼承者大人！」超強壯黑熊男手指著圍牆，傷心的說：「利庫勞悟的壞人，把我們督瑪的兄弟殺掉後，屍體掛在城牆上示威。他們的殘忍實在是太過分，我們一定要替督瑪犧牲掉的兄弟復仇！」

我看著那城牆上慘不忍睹的畫面，心情也沉重起來。

由於這裡真的本來就是督瑪的地盤，所以撒出去的各小隊一下子就把情報都彙整回來。大家統統都在這制高點集合好，準備要回去制訂作戰策略。

結果就在這個時候，一個眼尖的督瑪勇士注意到樹林裡有動靜。那是利庫勞悟的戰士歸來的隊伍。由於離我們比較近，我才得以窺見他們跟督瑪到底有什麼不同。

他們戰士的身材跟我比較接近，相對督瑪勇士來說，真的比較瘦小；但是身上的肌肉同樣發達的嚇人，尤其是下半身的肌肉，感覺那雙腿就是很有力量，跑的絕對很快，跳的也一定很高。他們的皮膚比較沒那麼黑，甚至還有一、兩個根本看不出來是原住民同胞。

他們穿著的服飾同樣也是用獸皮製成的，但跟督瑪穿著的雲豹花紋不同，利庫勞悟一律都是用黑色的皮，看起來應該是黑熊皮，因為帶頭的那個，頭頂上戴著的根本就是用黑熊的頭做成的帽子。

利庫勞悟戰士就這麼走進督瑪要塞。而我們在完成了偵查的任務後，也趕緊打道回府，回去擬定作戰策略。

回到部落的時候已經天黑了，到了要吃晚餐的時段。

督瑪族人統統聚到昨天辦慶典的場地，聚在一起享受美味的餐點。早在我們回來之前，督瑪的女人就已經準備好晚餐要讓自己的丈夫、兒子、兄弟吃飽。我也不例外，公主果然也準備了很多很豐盛的料理在等我。

可是相對其他人來說，真的實在太豐盛了點。

「怎麼不吃？不合胃口嗎？」

公主坐在我身邊，溫柔的捧著裝有烤小鳥的荷葉。看我沒吃很多，關心的詢問。

我搖搖頭，說：「也……也不是啦……只是我覺得，大家都沒吃很好，我一個人吃這麼好，好像很奇怪……」

公主聽到我這樣說，就把荷葉放下，笑了笑說：「父親果然沒說錯……嘻！那我把這些肉分給大家，你不會生氣嗎？」

「不會啊！妳也知道我很少生氣的，藤原綾整天扁我我都沒怎樣了，是吧？」

提到藤原綾，公主的表情明顯沉了下去，悶哼一聲後說：「哼！這女人太不知好歹，我不喜歡她。」

「也不會啦……其實她有時候也不錯，不過有時候是太誇張了點。啊！不說她了！妳不是要把肉分給大家？拿去分吧！」

「嗯。那你要不要再多吃幾口？」

「我想還是多吃幾口好了，科科！」

吃過晚餐，勇士們就聚在一起開作戰會議。我覺得我去了也於事無補，所以跟超強壯黑熊男說好，等討論出來再來跟我說到時候我要幹嘛就好，我不參加了。不過我也沒地方可以去，就一個人躲到附近比較高的石頭上，看著月亮發呆。

把昏迷的日子加進去，我來到這裡應該已經快一個禮拜了。不知道藤原綾這傢伙現在在幹嘛？我還記得當初在我摔下山崖前，這傢伙緊張的樣子。我想她應該不認為我會活著吧？不過，原本就只有兩個人的魔法結社，想不到執行第一個任務，就面臨解散危機，想在這魔法界混口飯吃感覺還真不容易。

而且，一直到現在我才發現，其實我還滿想那傢伙的。

雖然她脾氣很壞，扁人又凶狠，講話也很圈圈叉叉，還沒有胸部；可是溫柔的時候……唔，她有溫柔的時候嗎？反正，嗯，對啦！還滿想她的就是了。

想到藤原綾，我就想到我好像很久沒練功了。聽說明天就要去跟利庫勞悟的人決戰，我自己卻什麼都還不會，感覺很不安啊！於是我主動的盤腿坐好，調整呼吸，沉澱心思，進入冥想的狀態，訓練自己的魔力。

「……陳佐維……」

聽到有人在叫我，我馬上就中斷了冥想，東張西望的想看是誰在這種鬼地方還叫得出我的名字來。可是左看右看了半天，卻什麼也沒看見。應該是自己想太多，聽錯了才是。所以我又繼續閉上眼睛，重新進入冥想狀態。

「嗚……你這個王八蛋……沒死的話到底跑哪裡去了啦……」

這次我聽得可清楚了，是藤原綾的聲音。她竟然會哭啊！也不對，她還滿愛假哭的……不是啦！我怎麼會在這種時候聽到她的聲音啊？

我三度回到冥想狀態，想聽清楚到底是怎麼回事。

「你到底在哪裡……山底下沒有屍體……招魂也不回應……你就跟我說說你在哪裡會怎樣嘛……討厭鬼……大白痴……嗚……」

我覺得她好像真的很難過。不知道為什麼，這讓我覺得有種揪甘心的感覺，也不忍心讓她再哭下去。雖然不知道我這邊講話她聽不聽得到，可是死馬當活馬醫，我就試著開口說話。

可是一開口說話，那些聲音就消失了。看來這方法行不通。思考半天，我是在冥想狀態的時候接收到訊息，也許可以在冥想狀態下發送訊息啊！所以我第四度進入冥想狀態。

「藤原社長……【祖靈之界】也沒有回應……唉！我們跟祖靈的聯繫中斷已經快超過一個月了……請妳……」

「嗚哇……騙人……那個白痴才沒這麼容易死翹翹啦……」

我聽得出來在跟藤原綾對話的聲音是那個大巫女，而且看來她們就要中斷對這裡的聯繫了。所以我趕緊集中意念，對著她們用心靈大喊：「我在【祖靈之界】！」

那邊過了很久都沒有回應，這讓我覺得很失望。想到藤原綾竟然會為了我這麼難過，我心情實在很難真正好起來。

就在我決定放棄通話，專心開發魔力的時候，那邊倒是傳來回應了。

「我會去找你，你等我。」

那是藤原綾的聲音，堅定不移，鏗鏘有力。雖然還帶著一點鼻音，但依舊可以感受到她的決心。

我跟她的聯繫就這麼中斷了。

眼睛睜開之後，我看到了公主。她不知道什麼時候出現在這裡的，臉上的表情有點失落，心情不太好的樣子。

我笑了笑，問：「怎麼啦？妳心情不好？」

公主有點欲言又止的樣子，思考一下子才說：「你看起來很開心。」

「嗯？有嗎？喔，好啦～我跟妳說喔！我剛才……」

「我知道。」

公主打斷了我的話，走到我身邊坐下。她屈著膝蓋，雙手抱膝，嘟著嘴說：「有人跟【祖靈之界】聯繫，我不可能不知道。」

「咦？所以那傢伙在找我，妳都知道囉？」我笑嘻嘻的問：「那幹嘛不跟我說？」

「……如果我跟你說，我是故意不跟她講你在這裡，也不跟你說她在找你，你會生氣嗎？」

我沒想到她會給我這種答案還有這種問題，愣了一下，但還是笑著說：「是不會啊！可是，為什麼要這樣做啊？」

「……大笨蛋一個！跟藤原綾講的一樣！」

公主說完，就站起來跑掉了，留下滿頭霧水的我。我抓抓頭，心裡面充滿疑惑，魔力也練不下去，索性就回去睡覺了。

⊕⊕⊕　　⊕⊕⊕

隔天，督瑪族原居地奪回戰——名字我自己想的，是不是很有《真三國無雙》的感覺？——就要開打。督瑪族把全族的勇士包含我都集合起來，把分配留守的人叫去堅守崗位後，超強壯黑熊男就對大家心戰喊話。他的言詞一點也不華麗，內容樸實無華，但有的是滿腔的熱血，所以底下的眾人也跟著情緒高昂。

族裡的女人把親手準備的料理交給自己的丈夫、兒子、兄弟，獻上最高的祝福。公主也帶著竹筒飯來到我面前，親自交給我。

收下竹筒飯後，公主就不顧眾人的目光突然抱住我。她不顧眾人目光我顧啊！我本來就是很容易尷尬害羞的人了，現在這麼一抱，害我變成全場焦點，更是讓我的臉像是熟透的番茄。

「你一定要平安回來。」

我沒有說話回應，因為我也不好意思說話，只是點點頭，摸摸公主的頭就跟公主分開，然後快步的跟著已經離開的勇士們走，不敢在此地久留。

在路上，大家的表情都很嚴肅，氣氛也很緊張。這嚴肅緊張的情況也感染了我，讓我不自覺的緊握著軒轅劍。

我們一樣是花了一個早上的時間，才來到昨天看到的那個要塞。

其實我有想過，假設這裡原本是督瑪所居住的好了，那他們守城的技巧還真的很弱耶！雖然有四個出入口，但是只要把城門關上，站在城牆上卯起來放箭，這樣還守不住，根本就對不起我玩過的《三國志系列》遊戲啊！

而且，雖然我沒參與昨天的作戰會議，但他們做情報彙整的時候，我可是在現場聽得一清二楚。這座要塞可沒啥下水道之類的複雜措施，利庫勞悟也不像半獸人有薩魯曼幫忙，會製作炸彈來炸牆，所以我真的想不透他們到底是怎麼丟掉這座要塞的。

但是想不透歸想不透，既然現在是要重新把要塞打回來，那就專心的去攻城吧！守城什麼的等打下來再說就好了。

到了定點，超強壯黑熊男就把勇士們分成三個部分：弓箭掩護組、攻城木組，還有獸刀隊。大家的任務就如同字面上的意思，很簡單。分好組之後，大家就去準備，尤其是攻城木，他們打算現場製作，反正就是去附近劈倒一棵大樹，扛著去撞門就對了。

不過，我卻沒分配到任務，這樣讓我有點小疙瘩。於是我去跟超強壯黑熊男詢問我應該做什麼。

這一問大概也把他問倒了，他們似乎從一開始就沒打算要讓我加入戰局的樣子。我不知道沒把我算在內到底是好事還是壞事，因為我也知道自己可能算不上什麼戰力，可是把我排擠在外又讓我覺得很奇怪。最後黑熊男就要我跟在他身邊，暫時加入獸刀隊，等城門被撞開之後，一起衝進城內殺他媽的。

攻城木組很快就搞來一根大木柱，力氣大果然砍樹很快。弓箭掩護組和獸刀隊的成員也都把自己的裝備整好，只等超強壯黑熊男的一聲令下，大家就要進攻。

黑熊男和我兩個人都在制高點，我也在等他下令，可是他過了很久都沒有下令。我注意到他表情有異，還看著另外一個方向。於是我順著他看的地方看過去，那是我們來的方向——督瑪現在暫居的地方，而那裡正在冒出濃煙，像是失火了一樣。

我立刻又看向那座要塞，發現裡面的利庫勞悟戰士數量比昨天少很多，有多數的人似乎都已經離開要塞去做其他事情。把這兩個情況加在一起，最壞的猜想就這麼出現。

利庫勞悟的人，現在正在督瑪那裡，偷襲少數的守備軍和老弱婦孺！

我認為我所猜想的事情，黑熊男應該也同樣在想；可是他就一直是那副表情難看的當機模樣，久久沒有動作。

「給我十個人！」我立刻對著黑熊男大吼：「你繼續打要塞，我幫你回去救人！」

「什麼……」

「什麼什麼啦！」我大吼：「這是代理酋長的命令！你在這裡指揮，我帶十個人回去救人！就是這樣！幹！」

我也不知道我為啥要加個幹，大概是因為我發現黑熊男真的很不會處理事情，覺得很不爽吧？現在我才知道為啥好好的一座城他們會守到爆炸，八成是因為他們在處理事情的反應比較慢啊！一有臨場狀況，很容易當機的啊！

可是一旦接到命令，黑熊男馬上又回神過來，鏗鏘有力的向我說了聲「是！」後，從弓箭組還有獸刀隊裡叫了十五個人跟我走。我立刻帶著這些憤怒的督瑪勇士朝著我們暫住的地方衝回去！

我們拚命的用盡全力在奔跑，不管這路有多難走，路途有多遙遠，中間跌倒過幾次，心中就是只有一個念頭——救人！當我們趕回營地的時候，太陽竟然還沒下山，可知我們腳程有多快。

可是腳程再快，也來不及了。

營地已經滿目瘡痍，帳篷全部被燒毀，地上到處都是屍體。不只是留守的勇士，甚至女人、老人和小孩都不放過。

我描述的很含蓄，現場看到的情況，比我所講的恐怖一百倍。可以輕鬆的想像這裡被利庫勞悟使用多殘忍的手段屠村過。

「這裡！腳印！」

其中一個悲憤的督瑪勇士注意到地上的足跡，大聲的提醒眾人。

我氣到眼淚都快噴出來了，想也不想，就下令追過去！

地上的足跡非常凌亂，看得出來他們還帶著拚命掙扎的人質在走。大概也是因為如此，我們追到太陽完全下山之前，還沒回到督瑪要塞，就已經追上了利庫勞悟的戰士，以及被他們擄走的女人和戰俘。

我覺得我已經失去了理智。但失去理智的不是只有我，還有跟我一起追來的十五個督瑪勇士。大家一看到利庫勞悟的戰士，每個人都發出憤怒的吼叫，舉刀放箭，跑步帶殺聲，衝向利庫勞悟的戰士，勢必殺光這些毫無人性的王八蛋！

那票被綁住的戰俘，一看到我們殺過來，也使出渾身的力量，裡應外合的配合我們的反擊。

就連戰力算最低的我，也憤怒的狂舞軒轅劍。縱使黃金劍氣沒有揮出來半次，五行劍法根本不成劍法，我還是劈倒好幾個利庫勞悟的戰士——雖然大部分都是補刀。

我們的突襲加上殺氣，打得那票利庫勞悟錯手不及、死傷不少後，剩下的就逃跑了。殺紅眼了的督瑪勇士本來還打算要去追，我趕緊下令不要追擊，先觀察人質的情況。

幾家歡喜幾家悲。

有的人從解救出來的女人口中，聽到自己年幼的小孩是怎樣被殘殺；有的人則是抱著自己被不人道對待的妻子，掉下了男兒淚。我在這批人質中找了半天，卻始終沒有看見公主的身影。

「繼、繼承者大人……」

一個怯弱、害怕的聲音從我身旁傳來。我回頭一看，是個衣衫不整的督瑪女孩。我看過她幾次，是一直跟在公主身邊的侍女。

「公主咧？」

「嗚……公主說要用她的生命交換督瑪的安全，所以自願被利庫勞悟的人抓去獻給酋長。只是在公主被抓去之後，利庫勞悟的人不守信，依舊對我們督瑪下手……嗚……」

女孩泣不成聲，哭倒在地上。看她身上的傷痕以及破碎的衣衫，不難想像她曾經遭受過怎樣的對待。

我把我身上的獸皮衣先脫下來，披在她的身上，接著吩咐所有還算可以活動的督瑪勇士，把傷患先集中起來照顧後，就帶著三個督瑪勇士，朝著前線出發。

與其帶著傷患上路，不如讓他們先在原地休息。我帶著三個督瑪勇士朝前線出發，除了要回去作戰之外，還有很大的一個用途，就是我需要有人幫我帶路，不然我鐵定在森林迷路。

回到前線的時候，超強壯黑熊男果然沒讓我失望，已經成功的打回督瑪要塞了。

其實，督瑪勇士本來就不應該打輸利庫勞悟戰士。不管你速度多快、有多狡猾，你面對真正皮堅肉厚到你打不倒的對手時，要取勝是很難的。我甚至親自示範過一次，下場是狠狠的被督瑪勇士打飛。加上現在督瑪人的士氣比較高，所以在我發現要塞的部隊人數變少的時候，就當機立斷，要黑熊男繼續攻城。

只不過，雖然把城打回來了，卻一點戰勝的喜悅也沒有。很多人在這次的奪還戰中失去了父母、失去了妻子、失去了兄弟、失去了小孩；有些人雖然還活著，但精神遭受的創傷卻很難一下子平復。就拿那個公主身邊的侍女來說好了，在她被接回來的時候，我有特別去看她，可是她卻再也笑不出來了。

而且還有一個人沒救回來。

當天晚上，我一個人站在圍牆上，看著天空。超強壯黑熊男跟在我身邊，默默的站著。自從我幫他處理掉當機問題後，他對我就從原本的客氣和保護，改觀為認可我也是一名勇士。

「你知道利庫勞悟的部落在哪裡嗎？」

超強壯黑熊男聽到我這樣說，一下就猜到我的意思。就看他表情幾個變換，語氣沉重的說：「大人，我這下是真的開始尊敬您了。」

「嗯？」

「心愛的女人被奪走，一般人的反應都會是拚了命的去救。您卻可以強忍心中的悲痛，把眾人的安危放在第一，等安頓好大家後才打算要自己去救公主。這讓我真的佩服起您了。」

「我沒你說得那麼厲害。」我抓抓頭，尷尬的表示：「我只是不敢一個人去救她而已啦……」

況且我有可能一走出要塞就會因為迷路而死在森林裡啊！你說我怎麼可能為了耍帥然後害死自己啊！再說了，公主也不是什麼我心愛的人啊！我也就是把她當作很好的朋友，你們族人幹嘛老愛把我跟她湊成對啊？不是說她很漂亮大家都很喜歡？現在難道是因為滯銷賣不出去，所以強迫推銷給平地人嗎？

只是黑熊男似乎一口咬定我是在謙虛，對我的好感度又再度莫名其妙的提高。假設這是在玩戀愛遊戲，我大概已經快成功攻略了黑熊男，進入BL結局了啊啊啊啊啊！

他把利庫勞悟部落的所在跟我說了之後，就找來五個族裡最強壯的勇士，包含他自己，自告奮勇的說要跟我一起去解救公主。我真的很感謝他有這份心啊！不然要是他一直堅持我要自己單槍匹馬的去救才是男人的浪漫，那還不如找個人在這裡幹掉我算了。

救人如救火。五個勇士加我一共六個人，整好裝備後，馬上出發前往利庫勞悟的部落，要拯救公主，拯救小黑熊。我知道我沒有第一時間前往救她，她也許已經……可是我還是一直在心裡祈禱不要發生任何不好的事情。

利庫勞悟的部落位在地勢比較高的山上，而且由於本來人數就沒有督瑪多，所以部落領地的範圍也不大。

我們在黑夜的森林中穿梭，很快就來到利庫勞悟的部落。跟我們打勝仗卻悲傷的情況相反，他們好像剛舉辦過慶典一樣，中間廣場到處都有喝醉的、東倒西歪的利庫勞悟族人，地上還擺著一大堆被啃咬過的黑熊屍體。

我皺著眉頭，這利庫勞悟吃肉都生吃的啊?那些殘缺的黑熊屍體，感覺就跟《國家地理雜誌》節目拍到的，那種被獅子老虎吃過的斑馬屍體一樣。而同樣看到這一幕的督瑪族五勇士，每個都氣到渾身發抖。

這讓我有些不懂耶……吃生肉讓你們這麼不爽就是了?

不過他們自己喝醉倒是很方便我們行事，尤其是我們現在只有少數幾個人的情況。

假設今天是大張旗鼓的大批軍隊浩浩蕩蕩過來，搞不好那票喝醉了的利庫勞悟族戰士，在打仗的時候反而會產生有種類似醉拳般的效果，每個打不痛、不怕死、力氣變超大這樣。可今天我們來的人少，偷偷摸摸潛入的話，那些喝醉的利庫勞悟戰士反而不容易發現我們。

「殺……殺了他們！」

超強壯黑熊男已經隨時準備要衝進去了；但我卻有不同的想法，我立即對他們說出我的戰術。

戰術講完之後，我就一個人帶著軒轅劍，大搖大擺的走進利庫勞悟部落。

我的身材跟利庫勞悟人很像。天色又黑、他們又醉，要潛入這裡搞不好比叫《特攻神諜》的老史潛進核彈基地還容易。至於那些人，我則是分配了不同的任務，然後要他們等我的信號來行事。

這個簡單的戰術說起來大膽好執行，其實我還是怕得要死。一有風吹草動就得趕緊找地方躲。不過我的判斷果然沒有錯，這些人真的醉到分不清楚敵我，有些人甚至遠遠就看到我了，但還是當作沒看到的走過去。

我不曉得公主被關在哪裡，但是我知道公主是被獻給利庫勞悟酋長，所以只要能夠找到酋長所在的地方，那公主的下落應該也八九不離十。

利庫勞悟並沒有所謂的建築特色，而是隨便用帳篷搭起可以遮雨的地方就在裡面睡覺了。因此，唯一一個特別裝飾過、也是最大的帳篷，我想應該就是他們酋長所在的帳篷。

我握緊軒轅劍，一步一步的往那頂帳篷走去。

利庫勞悟，我要來大鬧一場了。

NO.006

你會不會叫叫ABC啊？

「繼續跳啊！不是最愛跳舞，最會跳舞了？怎麼，跟傳說中的一點都不一樣嘛！」

利庫勞悟的酋長帳篷內，一個坐在鋪著一塊熊皮石頭上的長髮男人，滿臉淫邪的對著僅穿著單薄衣物的督瑪公主下令。這男人臉上和身上都有豹紋刺青，眼珠是琥珀色，笑的時候還會露出兩顆犬齒。他披著一件用黑熊皮縫成的披風，穿著一條用黑熊皮縫成的短褲，以及一雙黑熊皮靴。身上的肌肉之發達，甚至不輸督瑪的勇士。

一看就知道，這傢伙是壞蛋，而且鐵定是利庫勞悟的酋長。

督瑪公主側臥在帳篷中間，除了身上的衣服實在穿很少很薄、看起來很像檳榔西施，還有一直在哭泣以外，感覺並沒有受到太大的傷害。

利庫勞悟酋長看公主不願意繼續跳舞，就走到公主面前，蹲下來用手輕輕的托起公主的下巴，滿意的笑著說：「哈，聽說妳還是自願獻身給我的咧！現在還在這邊裝矜持，再裝就不像了啦！乖，小寶貝，等一下妳一定會笑得比我開心吶！」

他一邊說，另外一手也沒閒著，在公主顫抖的身上亂摸著。就在他終於受不了，準備要把這故事變成必須要在分級制度為限制級的情況才可以繼續閱讀的瞬間，一個不顧讀者想看、酋長想搞的白目聲音傳來，硬生生的打斷了酋長的動作。

「想動我家的小黑熊，問過我沒有？」

我把軒轅劍扛在肩上，蹲在公主身邊、利庫勞悟酋長的對面，瞪著他，冷冷的說出這句話。

「你是誰？」

「你老爸。」

我一劍橫劈過去，但卻揮了個空。利庫勞悟酋長竟然在一瞬間就往後跳躍，跳回自己的寶座上。這一跳，起碼跳超過五公尺，原住民的體能實在是變態的好啊！

「佐、佐維！」

一看到是我，公主趕緊爬起來躲到我身後，一邊哭一邊說：「我好怕……嗚嗚……」

「乖啦，等很久吼！」我依舊是瞪著那利庫勞悟酋長，把劍橫在自己面前，慢慢的站起來；但是嘴巴可沒閒著，我安慰公主說：「對不起啦！是來晚了點，可是不要怕，剩下交給我就好了。」

「哼哼哼哼哼……有趣。」利庫勞悟酋長蹲在寶座上，對我露出了藐視的笑容，「報上名來，我不殺無名小卒。」

「真的假的？我剛好姓無名，名小卒耶！謝大王不殺之恩，那我就先走啦！」

「放肆！」

酋長大吼，雙腿發力，一瞬間就從寶座上跳到我面前，同時雙手成爪，對我打出兩記爪擊。我早就有所準備，土行橫擊已經等在那邊擋下了酋長的爪擊；但是就跟被白猴子打到一樣，這酋長同樣力大無窮，我硬生生被逼退了好幾步。

酋長甫落地，就對著我用虎爪功卯起來亂抓一通。他的攻勢看起來凌亂不堪，但其實是環環相扣、綿延不絕。我本來功夫就不到家，也沒有魔力，更沒有力氣，但是憑著反應速度還有拚死也要保護公主離開的念頭，竟然還可以堅持一下，大概擋了十幾秒，才被他硬是在我左手上抓出四條血痕！

「嗚哇！」

這實在是痛到我差點當場哭出來啊！

公主看我受傷，生氣的對著利庫勞悟酋長發出憤怒的吼聲；不過她不是喊「你這可惡的該死的壞蛋！」之類的臺詞，而是像小黑熊一樣發出「吼嚕嚕嚕嚕！」的可愛吼聲。

喂喂……妳還是小黑熊狀態的時候這樣吼就沒啥用了，現在妳回復人型還這樣吼，妳想唬誰啊！

為了不要讓搞笑的公主會因為搞笑失敗而受傷，我趕緊把她推出帳篷並喊道：「快跑啊笨蛋啊啊啊啊！」

就在我分心於要公主快跑的時候，我感覺到背上傳來巨大的痛苦，回頭一看，就看到那利庫勞悟酋長雙手都是血，想必這痛是被他攻擊所致。

「跟我決鬥，竟然還敢分心於女人身上？小子，你也太看不起我了吧？」

「幹！那你還偷襲，太娘炮了吧！」

聽到我這樣耍嘴皮子，利庫勞悟酋長氣得一爪又朝我正面抓來。這一爪同樣正中目標！抓得我胸口皮開肉綻，噴出一大團血霧。

「啊啊啊啊啊！」

我又發出殺豬般的慘叫，而且還叫得超大聲！這下讓原本已經要跑掉的公主回過了頭，她哭著對我大喊了我的名字。結果就因為這樣，這笨蛋就被那轉頭衝向她的利庫勞悟酋長撲倒了。

利庫勞悟酋長把公主壓在地上，粗魯的把她的衣服扯碎，轉頭對我露出淫蕩的笑容，說：「小子，想來英雄救美前最好先秤秤自己有幾兩重！現在老子就請你看場活春宮！」

我硬是用軒轅劍撐著自己站起來，一邊顫抖著，一邊忍著身上的痛苦，笑著對他比出中指。

「你真以為……我只有自己一個人過來？」

就在這一瞬間，利庫勞悟部落的四周開始燃起熊熊的大火。同時，還有四個督瑪的勇士拿著獸刀殺進來，對著不知道要先救火還是救人的利庫勞悟戰士見人就砍，見人就砍啊！

這就是我的簡單計畫。我先進去救人，叫督瑪勇士去準備放火燒掉這裡，再趁亂衝進來跟我裡應外合。至於我的信號，就是……我的慘叫聲。我早就料到我打不過利庫勞悟酋長，會掛彩是一定的！

反正就算沒掛彩，我還是可以發出慘叫聲啊！

這把火來的夠及時，利庫勞悟酋長馬上就從公主身上爬起來，環顧四周後，憤怒的朝著我衝過來，大喊：「可惡的王八蛋！竟然放火燒我的部落！我殺死你啊啊啊啊！」

「來啊，試試看啊！」

我再度用盡吃奶的力量，把軒轅劍舉起來，對著衝向我的利庫勞悟酋長揮出我最熟練的金行劈擊！不跟他玩防禦了，就來比比看誰先把對方劈倒吧！

……結果當然是我被劈倒啊！本來沒掛彩、元氣滿滿的狀態下都劈不倒對手了，沒理由現在可以劈倒對手啊！

利庫勞悟酋長現在眼中只剩下我這個對手，滿腦子想的大概都是想把我這個賤人殺掉，所以在劈倒我之後，更是立刻追擊過來。但我也只是打算拖延時間而已，沒打算要跟他硬拚，就先對公主大喊要她快跑，然後自己也想辦法跑掉。

可是利庫勞悟的人都有一個特色，不只是酋長，那就是他們的下盤都超發達，跑得超快！我才跑不到兩秒吧，利庫勞悟酋長就已經後發先制的衝到我面前了。

「吼啊啊啊啊！」

他對我發出野獸的吼叫，然後朝著我衝過來，想要一擊將我必殺。我知道躲不掉了，馬上舉劍起來要硬擋。而我沒擋到，但他也沒打到我，因為我這次作戰計畫中最後的一個部分，終於出現了……

那是一個超強壯的督瑪族勇士，也就是對我好感度激高的 BL 戰神，超強壯黑熊男！

他左手抓住了利庫勞悟酋長向我攻過來的雙爪，右手同時瞬間出拳，一拳打在利庫勞悟酋長的臉上，把那酋長打飛上天，滾了好幾圈才落地。

看到黑熊男出現，我真的是完全放鬆下來，雙腿一軟，就要往後躺下。黑熊男趕緊回頭把我摟進懷裡，關心的問：「繼承者大人，您沒事吧？」

「靠盃……也太晚才來了吧……」我在他懷裡露出安心的笑容。

「對不起，找酋長花了點時間。」

黑熊男說完就把我放開，但還是扶著我讓我站好。我站好後就問：「那找到了嗎？」

「已經救出來了。」

沒錯，打從我看到利庫勞悟整個部落都醉成這個北爛樣子的時候，我就知道現在不只是解救公主的好機會，同樣也是拯救督瑪酋長的好時機！所以我把這拯救酋長的任務，交給跟著我一起前來的勇士裡，最強壯而且使命必達的黑熊男去處理。

果然，他辦事我放心啊！叫他打城都打下來了，救個人而已，哪難得倒他啊！

黑熊男扶著我，一路跑到利庫勞悟部落外面，跟其他勇士還有已經被救出來的公主及督瑪酋長會合。公主已經披上其中一個勇士脫下來的獸皮衣，而且看起來除了受到驚嚇之外，真的是完璧歸趙，一點損失都沒有。她一看到我，就趕緊跑過來抱住我，在我懷裡一直發抖。

我同樣檢查了督瑪酋長。這督瑪酋長是個比黑熊男更像黑熊的黑熊男。他全身赤裸，同樣也是披著某個勇士脫下的獸皮衣。此時他昏迷不醒，身上充滿了傷痕，感覺曾經遭受過虐待之類的。

看著這對遭受過磨難的酋長父女，督瑪勇士都感到義憤填膺，想要趁著大火回去把利庫勞悟族殺光。

「……去找水來。」我說了這句話。

所有的督瑪人都看向我，露出不解的表情。黑熊男更是直接開口問我：「大人，您口渴啊？」

我搖搖頭，說：「我要去救火。你們去找水來，一起救火。」

聽到我做出這種爆炸性發言，所有的督瑪族勇士都不敢置信的看著我。黑熊男更是大吼：「他們殺了我們的兄弟、女人、小孩！我恨不得他們都死光！不可能會去幫他們的啊！」

「那你最好祈禱等等或者之後，你們可以把所有的利庫勞悟殺得一個都不留。就算是小孩、女人，也不可以留下任何一個活口。」我看著黑熊男，說：「你能辦得到嗎？就算你恨透了利庫勞悟的戰士，但是你可以跟他們一樣，一點人性都沒有的，把他們殺到一個都不剩嗎？」

這番話堵得黑熊男不知道要怎麼回答。

在我跟督瑪一起生活的這短暫的時間裡，我感覺他們其實是很愛好和平，就算不是愛好和平，起碼也絕對會要求公平決鬥的一個部落。就因為他們連打架都要光明正大的來，所以才會被狡猾的利庫勞悟陰，還被陰了很多次。

我不用想就知道我剛才問題的答案會是什麼。要他們一個人殺進去面對一百個手拿刀槍武器的利庫勞悟，眉頭都不會皺一下；可要他們把一個手無寸鐵的小孩殺死，大概只會一直推來推去，最後還會偷偷的把小孩放掉。

緊抱著我的公主也露出了困惑的表情，她似乎不相信我會說出這種話。

我對她露出微笑，說：「對不起……我知道你們現在都期望我可以幫你們報仇，帶領你們打倒利庫勞悟，結束這場戰爭；但我要用我自己的方式來結束這場戰爭。如果你們不認同我的理念的話，那就回去吧！我自己一個人去救火。」

說完，我放開公主，將她交給黑熊男，然後轉身往利庫勞悟的部落跑過去。

我的想法很天真，也很直接。

仇恨沒辦法種出甜美的果實。

今天要是利庫勞悟的人被督瑪暫時打敗了，很難保日後不會再度發生戰爭，利庫勞悟的人不會回來報仇。可是要是能夠讓兩族的人和解，那就算不可能換來永久的和平，起碼和平的時間也會比較久一點。

而要和解，首先必須要有其中一方對另一方釋出善意才行。

這就是我的想法，也是我認為要結束這場戰爭，唯一可行的辦法。

我一個人衝回火場。這把火燒得比我計畫的旺很多。利庫勞悟的戰士酒也都醒了，拚命的在打水救火，以及挽救在火場中的小生命。甚至是那個被黑熊男一拳貓飛的利庫勞悟酋長，也帶著戰士們穿梭在火場中，能救多少是多少。

利庫勞悟酋長帶著戰士前往他們安置小孩的地方，那地方已經變成一片火海，利庫勞悟的小孩在裡面發出如同小貓一般的哭泣聲。

「閃捷！爸爸來救你啊！」

「烈剛！是男子漢的不准再哭了啊！爸爸馬上就來救你！」

利庫勞悟的戰士們隔著火海對裡面的小孩大喊，試圖想安撫孩子的不安，縱使他們自己也沒好到哪裡去。然而就在這個時候，從最大的帳篷裡面，同樣也傳來了女孩子的淒厲哭喊聲。

那是酋長的帳篷。從被燒掉的地方看進去，可以看到一對抱在一起的母女，正無助的坐在火場中向外面求救。

一邊是戰士們的小孩，一邊是酋長自己的家人，兩邊的情況都很危險；但在這個時候，利庫勞悟的酋長做了一個很令人敬佩的選擇，他沒有著急的回去救自己的家人，而是裝作沒有聽見，一直指揮著部下去搶救其他同樣危險，甚至更危險的地方。

看到這一幕，我立刻跳出來對利庫勞悟酋長說：「你的家人就交給我吧。」

我一直跟在利庫勞悟酋長率領的救火隊後面，想找機會跳出來幫忙。我是故意的。既然要向對方釋出善意，就要讓對方知道是誰在釋出善意，這才有意義。要不然火都救完了對方還不知道是我救的，不就幹白工了？

「又是你！你這個該死的小子，我殺了你！」

利庫勞悟酋長一看到我就失去了剛才的冷靜，讓我極度懷疑他把「沒把督瑪公主吃掉」這件事情看得比自己家人的生命還重要啊！

雖然我身上還有傷勢，可是我跟酋長的位置還算有點距離，所以酋長的攻擊我輕鬆的就閃過了。我閃過之後，就把軒轅劍故意的丟到一邊去，舉起雙手說：「夠了！我是回來幫你救火的！有什麼事情等火滅了再說啊！」

酋長臉上的表情有點複雜，他緊握著拳頭。之後他轉頭，繼續去指揮救火隊，並且丟下一句話給我。

「要是她們出了什麼事情，我不會放過你。」

「收到，交給我吧！」

我撿起軒轅劍——不然我怕弄丟——後，就直朝著酋長帳篷那裡跑過去。這裡的火真的大到靠盃，一下子我也沒辦法馬上衝進去。我在帳棚附近繞了兩圈，看到其中一個火稍微比較小的地方，就揮劍劃破帳篷，趁著火變小的這一瞬間跳了進去。

利庫勞悟的公主還有酋長夫人，依然抱著彼此坐在那裡，我上前一看，發現她們已經閉上眼睛了。

「喂喂！醒醒啊！喂！」我用力的推了推她們倆，好不容易才搖醒了公主。

可是公主看了我一眼，就又昏過去了。這讓我只好先探她們的鼻息，確認還有呼吸後，這才稍微放心下來。可要是再繼續待下去，鐵定會葛屁的啊！

慘的事情來了，我回頭看了看我進來的那個洞，想說看能不能從那裡先搬人出去的時候，那邊竟然已經燒起來了。果然啊！沒有救火經驗就不要逞英雄啊！或者好歹弄點水搞濕自己再說啊！蜘蛛人失去超能力之後想救人都不輕鬆了，我不過就是個會拿軒轅劍跑來跑去的普通人，救什麼屁人啊啊啊啊！

「咳咳！咳咳咳咳！」

現場的濃煙越來越濃，火越來越大，溫度越來越高。我被熏得眼淚、鼻水直流，被嗆得只能卯起來咳嗽，手毛和腳毛都被燙得捲起來了！

就在這個時候，突然有個壯漢衝了進來。我一看就高興了啊！因為來的不是別人，正是督瑪 BL 戰神黑熊男是也。

「咳咳，這裡……咳咳，救人……」

黑熊男沒有說話，一手把利庫勞悟酋長夫人還有公主抱起來，另一手也抱起我，然後鼻子用力的噴氣，發出野獸的吼叫聲，就又衝出火場了。比起我一進來還在這裡摸半天，他的效率真的好很多。

「咳咳咳！咳咳咳咳！」

衝出火場之後，我馬上爆出劇烈的咳嗽，黑熊男則是蹲到我身邊，輕輕拍著我的背。我一邊咳，一邊指示他去觀察利庫勞悟酋長夫人還有公主的情況，他就聽話的過去了。

我又看了看四周，注意到原來不只黑熊男，另外還有三個督瑪勇士也加入打火的行列；甚至督瑪公主也一手提著水桶，一手拉著身上的獸皮衣以防走光，在幫忙救火。

這讓我露出欣慰的笑容，起碼我知道我不是孤單的。

「大人，利庫勞悟的酋長夫人醒了，可是公主沒呼吸了啊！」

黑熊男的聲音打斷了我的觀察，我趕緊跑去看那對母女的情況。酋長夫人一直拉著黑熊男的手臂，要他救救公主；可是黑熊男只是一臉無可奈何，看著我，似乎想知道我到底有啥辦法。

「叫叫ABC啊！你會不會？」我指著黑熊男問。

「什麼叫叫ABC？」

聽這反應就知道他不會了啊！其實我也不是很會，就是在軍訓課的時候有上過幾堂心肺復甦術，大家還很愛騷擾安妮這樣。可是現在的情況容不得我多想，畢竟利庫勞悟酋長說了，要是他家人有個三長兩短，那我也會有個三長兩短了啊！

於是我立刻叫黑熊男把酋長夫人拉走，然後掰開庫勞悟公主的嘴巴，壓額抬下巴，確認口中沒有異物後，深吸一口氣，捏住她的鼻子，嘴對嘴人工呼吸。吹氣進去之後，還觀察她胸部有沒有起伏，幸好她胸部沒有很大，還算好辨認。

人工呼吸完了之後，就立刻要做胸外按摩。這胸外按摩的點我還大概記得要怎樣找，就是兩個乳頭連線的中間。可是公主穿著衣服找不到乳頭，所以我就把她衣服掀開，用雙手很白爛的在那邊乳頭連線，找到中間點之後才開始胸外按摩。

我一邊做，旁邊的酋長夫人就一邊大喊大叫，說我什麼「禽獸不如啊！」、「趁人之危啊！」的，反正就是把我講得很難聽，要不是黑熊男一直拉著她，她大概早就衝過來跟我拚命了。

我是第一次真正把上課所學的東西拿出來運用，而就在公主發出激烈咳嗽的同時，我真的很慶幸我有上過這門課。

然後，我就被督瑪公主一拳揍倒了。

⊕⊕⊕　⊕⊕⊕

這場大火，終於熄滅了。

雖然利庫勞悟的人員和財產在這次大火之中遭到不少傷亡與損失，可要不是因為我們督瑪及時的投入，損失與傷亡只會更多。在兩相權衡之下，利庫勞悟酋長決定放了我們幾個人一馬。

聽說這與利庫勞悟公主幫我們說好話也有關就是了。

於此同時，我大膽的跟利庫勞悟酋長講了我的請求。我向他說了希望可以讓兩族坐下來和談，停止這場戰爭，還【祖靈之界】一個和平的生活。利庫勞悟酋長在思考過後，雖然沒有馬上同意我們的要求，但他倒是同意會先停止所有的戰爭行為。至於和談什麼的，等他們部落休養生息後，會再考慮。

事情往這方面發展，真的是我最想見到的結果。我的戰略很粗糙，想法很天真，行動其實也欠考慮，可是我還是成功了！很多事情冥冥之中可能都注定好了，就好像督瑪酋長已經預見了我會終止這場戰爭一樣。

我們幾個人——我、督瑪公主、黑熊男以及三個督瑪勇士，還有一個在外面照顧昏迷的督瑪酋長——在事情終於告一段落的時候，一個個露出疲憊的笑容，在利庫勞悟族人的注目下，離開這裡，要打道回府，跟督瑪要塞裡的督瑪族人講這個好消息。

「那個……那位督瑪的勇士……等一下好嗎……」

我們還沒踏出部落，身後就傳來一個女孩子的聲音。因為這裡每個都是督瑪的勇士，不知道她在叫誰，眾人就一起停下腳步，回頭看去。

結果那個女孩是利庫勞悟公主。

她滿臉羞紅，看著我說：「我……謝謝你救了我一命……我還不知道你的名字……」

我抓抓頭，笑嘻嘻的說：「哦，我叫陳佐維啊！可是我不是督瑪族的勇士啦！我是平地人喔！還有事情嗎？沒事我們要先回去了喔！」

「是啊是啊，我們很忙，還得趕路。」督瑪公主語氣不太友善的附和著我的話。

利庫勞悟公主慢慢的走了過來，伸手往我胸口的傷口輕輕的撫摸著。

「這些是爸爸弄的吧……我會好好罵他的！我……我……那個……要是……要是下山去平地找你的話……你會帶我出去玩嗎？」

「啊？」

我才啊了一聲，督瑪公主就拍掉利庫勞悟公主的手，然後把我轉過身去，走到我背後推著我向前走，一邊走還一邊說：「沒空沒空啦！我們家佐維大人很忙啦！都沒帶我出去玩了哪可能帶妳出去玩啦！哼！」

「……啊？」

那票督瑪勇士都笑了，然後眾人跟著起鬨，一起回頭繼續往前走。可是我們才往前走沒兩步，就全體都停下腳步了。

在我們前面不遠處，站著一個比黑熊男更像黑熊的黑熊男。他的雙眼赤紅，身上充滿了傷痕，雙手沾滿了鮮血，全身還不斷冒出黑色的氣體。

那是，督瑪族的酋長。

「父、父親！」督瑪公主一看到酋長站在那邊，很開心的就要向他跑過去。可是我覺得這督瑪酋長好像怪怪的，趕緊拉住公主。被我拉住後，督瑪公主還是笑著問我說：「唉唷，你拉我幹嘛啊？」

督瑪酋長不見了。

不，他不是不見了，而是他跳起來了！他向下掉落的同時，對著我做出攻擊的舉動。我趕緊先把督瑪公主甩到一邊去，接著快速的往另外一邊做出翻滾的閃躲動作，閃過了督瑪酋長的攻擊。

這督瑪酋長的攻擊不是在跟你開玩笑的，被他貓到真的會死掉啊！他落地的時候就跟隕石撞地球一樣，直接在地上撞出一個坑來啊！

「父……父親大人！您在做什麼啊！」

督瑪公主著急的想要上去制止督瑪酋長，可是我趕緊要黑熊男架住公主。黑熊男就跟專家是訓練有素的狗一樣，一聽到我下令，不管三七二十一，直接把督瑪公主架回去。

我下完令的同時，督瑪酋長又不見了。

「佐、佐維！在上面！」這次是利庫勞悟的公主出聲提醒我的。

我抬頭一看，就看到督瑪族的酋長果然在半空中。他跳的比剛才那次更高！氣勢整個更猛！出手也更狠！

我立刻再往旁邊跑開，閃掉了這次的攻擊；可是他落地時竟然還造成了衝擊波！不但將地面再度炸出一個坑來，還炸到我！更波及到旁邊的督瑪勇士們、黑熊男，以及兩族的公主。

本來利庫勞悟的人都只是在看熱鬧而已，結果現在波及到自家公主了，利庫勞悟酋長就跟著跳出來想要出手攻擊督瑪酋長。我心想要真的讓他們倆打下去，那我今天搞的事不就全部白搭了！於是硬是再往旁邊跑，想吸引督瑪酋長的注意。

結果——果然，督瑪酋長就是只針對我啊！我往哪跑，他就往哪衝，要不是因為失去理智，而且督瑪族人本來就不聰明，所以還算好預測他的攻擊路線，可以輕鬆閃開，否則我大概已經死幾百次了啊！

看到失去理智的督瑪酋長拚了命的在找我麻煩，督瑪公主又哭了。她在黑熊男的懷裡對著督瑪酋長大喊：「父親！他是您要找的人啊！是您要女兒下山找繼承者破除您的恐懼啊！為什麼要這樣做？」

聽到女兒的呼喚，督瑪酋長奇蹟的停止了攻擊我的行為。

然後，他說了一句至理名言——

「我怕的就是他……要破除我的恐懼，就是殺死他。」

我靠！這是哪招啊！我到底招誰惹誰了啊！我根本不認識你啊大哥！你幹嘛說你怕的人是我啊？如果只是要找個理由把我幹掉，你還不如說你看不爽你女兒黏我黏這麼緊啊！

「我的恐懼！我要破除我的恐懼！」

督瑪酋長真的完全瘋狂了！他仰天大吼，全身爆出血紅色的氣團，直衝天際，把天空都撞破一個大洞。接著他的身體越變越大，肌肉越來越大塊，身上長出黑色的絨毛，最後竟然變成一隻霹靂宇宙無敵大的臺灣黑熊啊！

「吼嚕嚕嚕嚕嚕！」

同樣的黑熊吼聲，酋長吼出來的跟公主吼出來的就是完全不一樣。光是氣勢就震懾到我差點跪下來求饒，聲音也足夠把人震聾片刻，甚至大地也為之震動。

「佐維勇士！」

利庫勞悟的公主還想蹚這渾水。不過她傻，利庫勞悟酋長可不白痴啊！趕緊把女兒架走，號令全族先撤退到安全位置。

同樣想蹚這渾水的還有另外一個公主。我想她現在的立場真的有夠為難了，一個是她的老爸，另外一個是她千方百計騙來這裡幫她的繼承者大人，結果現在兩個人要打在一起，她真的裡外不是人啊！

然而利庫勞悟的族人知道要跑，督瑪的勇士卻只知道傻站在那邊看酋長跟我對決。這不是啥好現象啊！我趕緊下令，叫他們有多遠跑多遠，不准留在這裡。接收到我的指令後，他們才趕緊架著督瑪公主逃離現場。

我猜督瑪酋長也許還有一點理智。因為他一直等到閒雜人等都跑光之後，才有了動作。不過這動作也不過是把原本直立的姿態，換成一般黑熊用四肢著地的姿態罷了。

「吼嚕嚕嚕嚕！」

督瑪酋長再度爆出野獸怒吼！同樣震到我又差點跪下來叫牠老爸。接著，牠朝我衝撞過來。牠的身體變龐大了，可是速度竟然還變得更快！我跟牠之間其實有段距離，結果竟然是在瞬間，牠就撞到我面前，速度之快根本難以想像，我更是完全沒辦法閃開，直接就被撞得有如斷線風箏一樣，又飛了出去。

我不知道被卡車撞到的感覺是怎樣，但我想被這黑熊撞到的感覺，絕對有過之無不及。被撞到的那一瞬間，其實沒什麼感覺，才剛在心裡想到「幹！怎麼這麼快！」，下一秒就變成「幹！怎麼又飛起來了！」的感想。

真的，親自被撞過之後，就會發現八點檔電視劇的麥摳一點也不誇張啊！

落地之後還在地上滾了好幾圈，我這時候才感覺到痛。

痛，痛！痛！

痛啊啊啊啊啊！

痛到好像全身上下沒有一根骨頭是完整的，痛到好像靈魂被抽離身體一樣，痛到腦子裡全部是一片空白，跟被炸彈炸過一樣，痛到靠盃。

我狂嘔出一大堆血！鼻子也噴出一大堆血，甚至我感覺我的眼睛和耳朵也流出血來。驚恐的看到自己的胸口變成一個大凹陷，我根本連呼吸都沒辦法！剛才的撞擊還震動到了我的腦袋，我的世界又進入一片的混亂，連今天的早餐都吐了出來，吐得一乾二淨、藕斷絲連啊！

我的軒轅劍已經不知道飛到哪裡去了，我站不起來，甚至我好像還不能轉頭看別的方向，因為頸椎可能也受了傷。只能靠地面的震動，判斷督瑪酋長正在朝我衝過來，準備要把我殺死，破除牠的恐懼。

然而，牠卻沒有衝過來。

同時，我感覺到一雙溫暖的手，把我從地上抱了起來，將我緊緊的抱住。

「大笨蛋！你給我醒過來！不准死啊！這是社長命令！」

藤原綾來了。

這個故事的第一女主角，在我搞失蹤超過六天、三萬字、還多把兩個妹之後，終於登場了！

她緊緊的抱著我，不管我身上的髒汙和血會不會弄髒她的衣服，只是緊緊的把我抱住，哭著要我不准死，因為是社長命令。

她一邊哭，一邊從她隨身小包裡面找出各種瓶瓶罐罐，打開蓋子後不分青紅皂白的就往我身上一陣亂抹亂塗。

我知道她很緊張我的傷勢，可如果是要用專業一點的眼光來看，她這樣等於是在惡搞我的傷勢啊！要不是因為我已經分不出來痛楚的來源是哪個傷口，或者痛苦的程度還會不會增加，我大概會因為她這樣惡搞我就葛屁掉啊！

「小綾，讓開！」

同時出現的竟然還有美惠子阿姨！

她穿著純白的日本巫女服，手中拿著一個上面貼有白紙的木棒。把我從藤原綾身上搶過去之後，她一手貼在我凹陷的胸口，另外一手把木棒高高舉起，讓白紙接觸到我的身體。她口中唸唸有詞，最後大喊一聲「拔除！」後，將木棒用力的一甩，說也奇怪，我胸口的凹陷就跟著這一甩而恢復正常了。

「咳咳咳！」

胸口一恢復正常，我氣血就通了，一下子又咳出大量的鮮血。

藤原綾趕緊爬到我身邊，著急的對美惠子阿姨說：「怎麼會這樣的？媽媽妳到底行不行啊！」

我趕緊點點頭，很虛弱的說：「O……OK啦……我覺得……好很多了……」

「吼嚕嚕嚕嚕！」

話才說到一半，就聽到督瑪酋長的吼叫聲。但是除了吼叫還有大地震動，牠倒是沒有繼續針對我攻擊過來，可依然有打鬥的聲音。看來除了美惠子阿姨和藤原綾這對母女之外，她們還另外帶了救兵的樣子。

我努力的想轉頭去看到底是誰，可是受傷的頸椎不讓我做這高難度動作，頭才剛動一下，就痛到好像會掉下來似的。

藤原綾一看到我想轉頭，就趕緊湊過來問：「你、你不要亂動啦！大笨蛋！」

但我還是想看啊！於是我盡力的把眼珠子轉向打架的現場。就看到一個穿著西裝的男人背對著我們，雙手插在口袋，動也不動的站在那邊。威風凜凜，有種頂天立地的感覺。而督瑪酋長則是一直在……空揮？

督瑪酋長的每次攻擊、怒吼、震動，都無法對西裝男造成有效的攻擊。那西裝男好像一步也沒動過，可是督瑪酋長的攻擊卻怎樣都沾不著邊。

看到這神奇的一幕後，我就失去所有的力氣，不省人事去了。

NO.007

喂，你不准說你不負責啊！

「這裡是督瑪的地盤，妳這個利庫勞悟的人到底來幹嘛的啊？」

「煩耶！說過幾百次了，是因為爸爸要跟你們和談，我才會順便過來的好不好！」

「來和談就來和談啊！來這裡幹嘛啦！這裡是病人房間耶！妳來這裡跟鬼和談啊？」

「那妳在這裡幹嘛？公主不好好待在公主房，窩在病房幹嘛？說清楚啊！」

……妳們既然知道這裡是病房，那能不能安靜點啊……

眼睛再度睜開，我是躺在一張獸皮床上醒來的，全身都被繃帶包得滿滿的，不輸木乃伊。旁邊小櫃子上擺滿了各種鮮花、水果，是來自督瑪族人的祝福。

那兩個大吵大鬧的女孩，是督瑪公主還有利庫勞悟公主。

我才觀察四周環境到這裡，身體的痛覺神經就開始搭上線上班了，痛得我叫了出來。這一叫，剛好讓兩個女孩的吵鬧聲停下，她們倆都湊到我床邊，一左一右的，七嘴八舌的詢問我現在的狀況。

然後問到一半，兩人又吵起來了。

「佐維，我這裡有利庫勞悟的秘藥，絕對比督瑪的爛東西好一百倍！我餵你吃……」

「什麼你們的狗屁秘藥啊！少在那邊貓哭耗子了！要不是妳爸爸一直欺負佐維，他會受這麼嚴重的傷嗎？」

「我覺得是妳爸爸弄得比較嚴重吧？哼！還現回原型就為了要殺死佐維，有這種父親，我看女兒也好不到哪裡去啦！」

「妳再說一次啊！」

……算我拜託妳們，要吵出去外面吵可以嗎！

我有氣無力的說了我的請願，希望她們兩個人安靜，不要再吵架了。她們安靜了一下，然後又開始互相指責是對方先找自己吵架，結果就又吵了起來。最後我終於受不了，就叫兩個人都給我閉嘴，統統趕了出去。

這兩個傢伙在門口又吵一架，嗯，這次還乾脆點打了起來。

「啊啊……痛痛痛……」

我在床上躺著，發出痛苦的呻吟。我不知道在我昏過去之後發生了什麼事情，也不知道我是怎樣得救的，記憶變得很模糊。只記得藤原綾還有美惠子阿姨來救我，其他都不記得了。

那我現在在哪裡？藤原綾在哪裡？美惠子阿姨又在哪裡？

這三個疑問馬上就出現，讓我有點後悔把兩個小丫頭都趕出去，應該要留一個在這裡回答我的疑惑才是。

幸好，超強壯黑熊男馬上走了進來。

雖然在看過督瑪酋長之後，會覺得超強壯黑熊男的稱號應該要改頒給酋長比較適合，可是既然酋長已經有個酋長的稱謂了，那還是繼續沿用超強壯黑熊男就好，不然督瑪BL戰神聽起來就覺得非常的詭異啊！

我把我的疑問向黑熊男提出，黑熊男才說了那天之後的事情。

他說那天有三個外界人，兩女一男的組合，闖入【祖靈之界】，拯救了我。年輕的女孩只負責哭，女孩的母親負責緊急治療我，至於那男人則是用驚人的奇蹟，硬是壓制住完全狂暴化的督瑪酋長。

關於這部分，黑熊男說得很模糊，我只能自己用「奇蹟」來形容。至於什麼天仙神明的，實在有夠玄，我猜他也不是很懂自己在說什麼，就要他跳過這段，接著說後面的事情。

那個男的不知道是誰，總之，那傢伙在壓制了督瑪酋長後，就說要走了。本來那對母女都很不諒解男人說走就走的行為，結果在兩個公主一出現，衝過來抱著我哭哭啼啼之後，那女兒就氣到直接走人，三個人就這麼離開了【祖靈之界】。

而我也被送回督瑪要塞做觀察，昏迷到現在，已經五天了。督瑪公主這五天都一直睡在病房內，日夜不分的照顧我。昨天，利庫勞悟的酋長帶著公主要來和解，利庫勞悟公主就跑來這裡，跟督瑪公主吵了兩天架。

「是這樣喔……」

我聽著頭就覺得很痛，我又昏了五天？一下昏四天、一下昏五天，怎麼最近受的傷都這麼慘烈啊！

而且藤原綾八成又誤會什麼了，回去之後我看家裡的禁語可能又要增加了。

黑熊男又說：「繼承者大人，酋長說等您醒來之後，有話要對您說，要我去通報他。可是我想先問您，您要不要多休息一下，等好一點我再去通報？」

「咦？我一直以為你只會服從命令而不會問的耶！」

「呃……」黑熊男抓抓頭，說：「我是比較笨一點啦！可是現在酋長的命令跟大人您的命令比起來，我會選擇大人優先。」

這讓我有點尷尬，又問：「是喔，為什麼啊？」

「因為我喜歡大人您啊！」

幹！你果然是督瑪BL戰神啊！為什麼啊！為什麼我來到【祖靈之界】後，桃花開這麼旺盛啊！兩個公主就算了，連這麼大隻的黑熊男都煞到我是安怎啊！桃花開好了，菊花也快開了嗎？

「不是啦！大人您別誤會了！我的喜歡跟公主的那種喜歡不一樣。我是因為敬佩大人的想法，還有您做事情的方式，才會喜歡您啊！跟公主那種愛慕的感情是不一樣的！大人別誤會啊！」

「……我是覺得你如果要我別誤會，就別用這種容易誤會的說法嘛……」

黑熊男尷尬的抓抓頭，說：「我就，比較笨嘛……」

我搖搖頭，無奈的笑了，黑熊男也笑了。

我想想這也沒什麼關係，就讓黑熊男去通報酋長，趕緊把事情解決掉，我要回去現實世界打《魔獸》了。

黑熊男聽了我的命令，點點頭後，就去通報酋長了。

沒一下子，兩位酋長和兩位公主都出現在病房。我一開始看到這陣仗就覺得很頭疼，畢竟兩隻公主太會吵架了！幸好酋長們都有登場，還算有壓制的效果，兩位公主都不敢太放肆。

兩位酋長先是向我道謝。雖然我自己覺得他們兩邊能和平共處，坐下來好好和談，是自己能想通，跟我沒啥關係，可他們就把這功勞算我頭上，害我整個尷尬的不知道要說什麼才好。

他們把和談的事情說完後，利庫勞悟的酋長就要走了。當然，公主也得跟走，沒道理留在這裡。只是在走之前，利庫勞悟公主還是跑到我床邊，往我臉頰上親了一下，在我耳邊說了一句要我有空去利庫勞悟看她後，才跟著酋長離開。

這舉動讓督瑪公主的臉是青一陣、白一陣的，要不是因為她老爸在這裡，大概就衝上去扁人了。然後可能會演變成為了要爭寵，就妳親一下、我也親一下，妳脫一件、我也脫一件的這種好康事情。

好啦我承認我在無意義幻想，而且兩隻公主看起來都是國中生年紀，我不是蘿莉控，吃不下去。

督瑪酋長要公主也出去，將門帶上後，才坐回原本位置，很誠心誠意的向我道歉。他道歉的原因是因為我的傷勢。雖然我傷得很嚴重，可我還是覺得他這樣道歉讓我很尷尬就是了。

「繼承者大人……是我失禮了。」

督瑪酋長嘆了口氣，將事情的始末娓娓向我道來。

他是整個【祖靈之界】，最古老的靈魂，也就是原住民大巫女所說的山神。其實他的瘋狂，從二十年前就開始有了徵兆。

他感覺到這塊土地正在害怕，害怕某個妖物再度出現。

這些害怕，在這二十年間越來越增長，在一個月前，達到最高巔峰。他不知道發生了什麼事情，就同化自己到自然元素裡，想去看看是什麼原因讓土地感到害怕。結果他看到了一條大黑龍。而他的瘋狂，就是來自於此。

酋長在看到大黑龍的同時，就被大黑龍的邪惡同化，變成瘋狂的殺人魔，對什麼東西都只想要破壞殆盡。然而，他並不是省油的燈，身為最古老的祖靈，他還有一點僅剩的理智。所以他盡量不傷害自己的族民，而是跑去自古就與督瑪是世仇的利庫勞悟族大鬧一番。

在被利庫勞悟族抓住且囚禁起來的時候，大黑龍開始侵蝕他的心智，灌輸他一個念頭，就是──他恐懼的對象不是大黑龍，而是軒轅劍的繼承者。要破解這個恐懼，就得殺掉軒轅劍的繼承者。

所以，他把這個消息透露給自己的妻子和女兒知道。他騙她們，要她們把軒轅劍的繼承者，也就是我，拐來【祖靈之界】，目的就是要殺死我。

當初那個老太婆所謂的上古神諭，其實根本不是她們的祖靈要給我的訊息，而是那條大黑龍要給我的訊息。甚至，那也不是訊息，只是要把我騙進【祖靈之界】殺害掉的詭計罷了。

然而我卻沒死，這一切都是命中注定。

在不可能有援手踏進的【祖靈之界】，誰又能料到會有一個道教「地仙」等級的人，可以硬闖入這裡解救我呢？起碼那條大黑龍就沒料到。

聽完酋長的話，我覺得很悶。

我又想到一個月前，那個詭異的夢。軒轅劍的劍靈說我一定會去跟那條死亡之翼單挑，我的使命就是如此，我閃不掉。我原本以為只要我不去理牠，就可以避開這件事情，結果我不理牠，牠反而要來殺我……

這讓我真的很悶。

「繼承者大人，您怎麼了？」

我深呼吸一口氣，搖搖頭說：「沒啊！我只覺得，命運這種東西，真是一點都不好玩呢……呵呵……對了，你應該不會再殺我了吧？」

「這……大人，您這樣講就太傷人了吶！現在我要是敢讓您少一根頭髮，我家女兒絕對不會放過我的，您說我還敢動您嗎？」

「呃……呵呵呵……」

酋長把事情講完之後再跟我說，只要我想離開這裡，他就會送我回去。

我早就想走了，聽到這句話，趕緊點頭說好；只是外面馬上傳來撞門的聲音，還附帶督瑪公主的怒吼。

一聽到公主怒吼，督瑪酋長就露出微笑，說：「繼承者大人，那個……走之前陪陪我的寶貝女兒說說話，算我拜託您好嗎？不然她肯定會討厭我的。」

「呃……呵呵呵……」

啊啊啊！想不到這傢伙竟然是個女兒控啊！

督瑪酋長讓公主進來，說聲好了再讓公主去叫他，人就走了。

公主在送走老爸之後，直接鎖上門，然後臭著一張臉，走到剛才酋長坐著的位置坐下。

「呃……妳怎麼啦？心情不好嗎？」

「你是不是因為要回去找藤原綾，才急著要走？」

我趕緊搖搖頭，否認這件事情。我雖然想走，但絕對不是因為想去找藤原綾，是因為我想打《魔獸》啊！

「真的？」公主不死心的追問。

「真的啦！我怎麼可能會因為那個恰北北急著回去，我又不是被虐狂！而且她現在肯定是準備好一套說詞，說啥我不聽社長命令啦、等著要處分我啦！我回去就難過了好不好！」

「那你幹嘛這麼急著走？留下來陪我幾天不行嗎？」

「唔……我的學校已經開學了，我要回去上課。」雖然說真正的原因不是這樣，可是不行啊！我要回去打《魔獸》這句話我說不出口啊！

聽到我這麼合情合理的解釋，公主也沒有話講了。

兩個人就陷入一陣沉默。

「……你，喜歡藤原綾嗎？」

我又搖搖頭，說：「不可能啦！我只當她是我老闆、上司、朋友或者怎樣……唉唷，雖然她對我好的時候是真的甜死人喔！可是她對我好只有兩種情況，就是她先做了對不起我的事情，或者是她發神經病！這兩種情況發生的機率都低到驚人……不對，她還滿常惡搞我的……啊！反正啦！我沒有喜歡她啦！妳別亂猜。」

督瑪公主看我卯起來解釋的樣子，搖搖頭失聲笑了出來。

「好啦好啦……」公主站了起來，說：「我知道你的意思了。你要回去就回去吧！反正你已經是本公主的人了，不怕你亂跑。我哪天去找你的時候，不准不理我喔！」

「我才不會不理妳……呃，等等，妳剛說啥？再說一次？」

公主已經走到門口了，聽到我這樣說，停下腳步，回頭對我說：「我喜歡你，你也說過你喜歡小黑熊，那就是喜歡我了。而且啊！你對我做過這麼多羞恥的事情，現在還想翻臉不認帳嗎？」

「我、我……我對妳做過什麼羞恥的事情了啊？」

「你！」公主羞紅著臉，然後閉上眼睛，氣急敗壞的大吼：「那天在車上，你把人家的雙腳分開來看個一清二楚了，還、還一起洗過澡，一起睡過覺，接過吻！你不准說你不負責啊啊啊啊！」

說完，公主立即開門迅速的落跑了，留下一臉震驚的我。

因為……我那時候哪知道小黑熊會變成女孩子啊啊啊啊啊！

而且她喊這麼大聲，全督瑪都聽到了……

你們都沒看見，督瑪酋長回來要送我走的時候，那臉色之鐵青啊！好像我已經把他女兒怎樣又怎樣了一樣。這女兒控到時候絕對會因為這件事情從【祖靈之界】衝過來殺我啊！

我就在這種情況下，狼狽的離開了【祖靈之界】，回到了臺灣，回到了臺中的小窩。

這次的事件，也就此告一個段落。

然而我知道，我跟那條黑龍之間的戰鬥，現在只不過是個開始……

NO.PAUSE

小皇帝

這是一間位在臺中中港路上的牛排餐廳。

這裡的價格雖然昂貴，但是服務品質好，選用的牛肉又是來自美國，經評選認證過的高級牛肉，其他餐點的表現也非常突出，所以是不少饕客的首選餐廳。

為了今天的約會，李永然在這裡訂了一個包廂，希望不要有人來破壞他的約會。然而女主角卻遲到了，而且遲到很久。

不過，遲到總比不到好。包廂的門還是被服務生打開，盛裝打扮的女主角終於登場，出現在李永然的面前。

那是藤原綾。

藤原綾穿著黑色的小禮服，披著小外套，踩著黑色高跟漆皮涼鞋，拎著名牌包包。除了表情臭得好像全世界都欠她幾百萬一樣，真的是漂亮的異常出眾。她沒有主動跟李永然搭話，也沒打招呼，就是沉默但主動的坐了下來。

服務生也感覺到包廂的氣氛詭異，確認完兩人點的菜單後，就趕緊退出包廂。

李永然看著藤原綾，藤原綾則是一直看著旁邊的牆壁，兩個人一言不發，包廂氣氛凝重到連服務生都在打賭……

賭是不是因為有錢人外遇，小老婆懷孕，今天約出來這裡是要談判，看要多少錢才肯把小孩拿掉的這種情況。

可惜聽不到包廂裡面在說什麼，這場賭局很難賭出結果。

包廂裡面的沉默，是李永然開口打破的。

「阿綾……很久沒看到妳了，都長這麼大了。過得好嗎？」

「很好，謝謝你關心。」

李永然搖搖頭，笑了出來。

這讓藤原綾沒來由的不爽，就說：「你就直接說啦！到底要我幫你做什麼，我都答應就是了啦！」

這是李永然願意出手解救陳佐維的條件。

時間拉回幾天前，陳佐維還在【祖靈之界】的時候。

藤原綾在最後一次嘗試跟祖靈溝通的時候，終於聯絡上陳佐維。在那之後，她到處找方法進入【祖靈之界】。尤其是在得知送靈儀式只能把她送進去看，不能干擾裡面運作之後，她更是差點連自殺殺進去再想辦法復活的這念頭都有過。

就在這個時候，她想到李永然這個人，這個她和藤原美惠子都很討厭的人。雖然討厭，但眼下能拯救陳佐維的人，也許就只有這個李永然，再討厭都要去找他。

事情是很巧的，一向居無定所、四海為家的李永然竟然剛好出現在臺灣，而且還剛好跟美惠子見過面。藤原綾趕緊叫美惠子幫她聯絡李永然，希望他可以幫助自己前往【祖靈之界】。

李永然起先不願意幫忙，這跟他的理念有抵觸。但是最終，藤原綾說了只要李永然出手就可以答應他一件事情，以及美惠子也加入懇求的行列，還是讓他決定出手幫忙解決這個問題。

而現在，問題既然已經解決，就是藤原綾還債的時候了。

「我就只是希望妳陪我吃頓飯，聊聊天，就這樣而已。」李永然笑了笑，舉起桌上的水杯，喝了口水後說：「我會幫妳，不是因為妳對我開什麼條件，是因為妳是我的女兒。爸爸幫女兒，不需要理由的。」

「我沒有爸爸！」

藤原綾這句話說出來，讓包廂的氣氛更沉重，也剛好給了外面打賭的服務生們一個結果。因為剛好有個白目的服務生在這時候送沙拉進去，聽到這句話。

藤原綾把服務生叫住，叫他下次沒敲門不准進來，然後等他走了之後，李永然才繼續說下去。

「妳這樣講我很難過。」李永然說，但他表情看起來其實還好，不是很難過的樣子。

「哼，是你自找的。當初你跑掉的時候，怎麼就沒想過媽媽還有我會不會難過？」

「對不起，那時候我還年輕。」李永然馬上就露出微笑，轉移話題說：「我們聊點別的好不好？」

「我不想跟你說話，今天會來只是履行我對你說過的約定罷了。」

「那如果是有關陳佐維的事情，妳要不要聊？」

提到陳佐維，藤原綾就愣了一下，但還是把臉別過去，說：「關、關你什麼事啊！」

「畢竟是女兒喜歡的對象，我還是想關心一下。」

「磅！」

藤原綾突然拍了桌子一下，生氣的說：「十幾年沒有關心過我的人，現在憑什麼跑來關心我喜歡的對象是誰啊？少在那邊跟我裝熟了啦！」

「叩、叩、叩。」

外面傳來敲包廂門的聲音，藤原綾和李永然才有了短暫的中場休息。這次上來的是麵包和濃湯。不過因為沙拉也沒動過，所以藤原綾要服務生晚點再送主菜，然後沙拉可以收掉了。

「妳如果不想聊……那妳就吃飯好了，就當作是爸爸在自言自語。」李永然搖搖頭，喝了口濃湯，說：「其實陳佐維是妳同父異母的哥哥。」

「噗！」

藤原綾湯喝到一半，聽到李永然爆這個料出來，完全不顧形象的把湯都噴出來了。她驚訝的追問：「什麼?你說的是真的嗎？」

「假的啦……看妳緊張成這樣很好玩。」

「你……你很無聊耶!我要走了，我受不了了，再見!」

說完，藤原綾就站起來要走人。

李永然倒是沒挽留，只是緩緩的繼續說下去：「不過其實我關注他已經很久了，這就不是開玩笑了。」

藤原綾走到門口，聽到這句話，又停下腳步。她知道李永然是個「無為而治」的最佳代表。這個連自己老婆和女兒都不會關心的人，竟然會認真的說出在關注某人，那還真的是大事一件。

「……你關注他幹嘛?」

「妳要不要先坐下來吃飯，聽我講?」李永然往椅背上一靠，笑著反問。

果然，藤原綾乖乖的坐回位置上，把麵包抓起來咬了一口。

「阿綾，妳知道山神為什麼害怕嗎？」

藤原綾搖搖頭，於是李永然繼續說：「不只是山神在害怕，整個自然的元素都在害怕，這顆星球在害怕。海平面上升，冰山融解，氣溫升高，土地沙漠化，糧食短缺……這顆星球在這二十年來，一直都在害怕。」

「你在說的是溫室效應吧？關陳佐維什麼事啊？」

「妳以為我沒事會跟妳講環保嗎？我像是那種人嗎？」李永然笑著說。

「二十年前，這顆星球就在害怕陳佐維的出生，我一直都在找原因。後來才知道，原來這顆星球的某處封印著一個上古大妖魔，這個妖魔的封印就快被解開了。而陳佐維，就是宿命中要繼承軒轅劍，跟妖魔決一死戰的人。害怕的不是陳佐維的誕生，是從他誕生的那一刻起，封印解開的倒數計時就開始了。」

藤原綾沒有反駁，她倒是想到了一個月前陳佐維曾經提過的那個夢，那個她以「沒聽過啦！」為理由而否認的夢。此刻由李永然口中說出幾乎一樣的事情，讓她不禁對這件事情感到毛骨悚然。

只是藤原綾還是很不屑的嗆說：「他這麼沒用，連魔力都開發不出來，怎麼可能會去面對什麼上古大妖魔啊！」

「可是妳不覺得他做什麼事情都異常順利嗎？」

藤原綾皺著眉頭，反問：「會嗎？我怎麼覺得他好像做啥都很不順利耶！」

李永然笑了笑，說：「他的命格很特別，我把他叫做小皇帝命。他做什麼事情都會異常順利，一帆風順，哪怕是第一次面對，他就是可以處理得很好。可是畢竟是小皇帝，不是真皇帝，所以他會在最後的關頭，把這一切都搞砸。」

「舉例來講，在【天地之間】，他不是很順利的就拿到軒轅劍了？可是最後呢？是不是突然冒出個什麼妖魔鬼怪跑出來把【天地之間】毀掉呢？還有在【祖靈之界】，他很順利的把祖靈界戰爭結束掉，可是最後呢？是不是突然被瘋狂的督瑪酋長差點殺死？我說的沒錯吧！」

「……是沒錯，可是為什麼你講的好像你都看過一樣？」藤原綾皺眉問道。

「我一直都在關注他，我說過了。」

聽到這種話，藤原綾又不爽了。

她面前的這個男人，十幾年前拋家棄子、離家出走，對自己和媽媽不聞不問，毫不關心。結果現在突然跑回來，對自己說他在這段日子裡一直關心某個跟他非親非故的人……她真的有夠不爽。

「哼，那你就搞錯了，他可什麼都沒搞砸！」藤原綾別過頭去，不爽的說：「就算他在【天地之間】被妖魔阻止，在【祖靈之界】被大黑熊差點殺死，他最後還不是都化險為夷了？你說的可不完全對呢！」

「那是因為有妳在。」李永然說：「妳，是陳佐維命中注定的幸運女神啊！」

「又關我什麼事情了啊！他哪次化險為夷跟我有關係了？反而都跟一些我很討厭的人有關係吧？這次是你，上次是那頭乳牛耶！哼！」

「不，妳的命格跟他就是互補。妳想想，要是在【天地之間】妳沒有先救他，他能化險為夷嗎？在【祖靈之界】，要是他沒聯絡上妳，他能化險為夷嗎？相信我，妳是他這輩子最大的幸運女神，注定要在一起的。」李永然微笑的看著藤原綾。

原本嚴肅的對話，結論竟然是自己和陳佐維是命中注定要在一起的天生一對，藤原綾一下子臉紅到連耳根子都紅了。

她低著頭用手戳著面前的麵包，說：「說、說什麼啦……我才不想跟……跟那傢伙是什麼命中注定咧……」

李永然突然站了起來，笑著走到藤原綾身邊，說：「我話就說到這裡了，妳慢慢吃，我先去付錢。經過這兩次考驗，我想有妳在，我已經可以把關注陳佐維的任務放下，該是時候進入下一階段的修行了。妳自己跟陳佐維在一起多努力吧！」

「囉嗦啦！關你什麼事啦！哼！」

李永然打開包廂的門就要走出去了，但是好像又想到什麼，於是在離開前回頭對藤原綾說：「對了，妳可以跟他在一起做事，但爸爸認為妳不要跟他真的交往會比較好。」

「又、又為什麼啊？」聽到李永然這樣說，藤原綾馬上緊張的問了。

畢竟李永然還用陳佐維是他的私生子來開場，現在特別叮囑她不可以跟陳佐維交往，這搞不好有問題。

「雖說是小皇帝命，但畢竟也是有個皇帝在裡面。他三妻四妾跑不掉的。爸爸不想妳到時候傷心。」

說完，李永然就瀟灑的離開了。

藤原綾則是吩咐服務生可以繼續上菜，然後把包厢門關起來，憤怒的一邊咬麵包，一邊心想——

「這傢伙要真的敢給我搞三妻四妾……我一定把他閹掉！」

但她好像忘記，自己其實沒有跟陳佐維在交往就是了。

《魔法師與祖靈的怒吼》完

NO.AFTER

少女的相遇

在臺中的山區裡，一個身穿純白色運動套裝、白色運動鞋的美少女，站在某山崖下，看著地上的劍痕思考著。

她不是別人，正是為了要尋找神劍繼承者下落，遠從【天地之間】來到臺灣的「侍劍」，公孫靜。

雖然說她很巧妙的選擇了「南投」作為尋找陳佐維之旅的起點，但這兩人的緣分似乎還沒到。就故事的時間軸上來看，當公孫靜來到南投的時候，陳佐維還沒到；但當公孫靜在南投找不到線索，離開了南投前往臺中的時候，陳佐維這時候剛好在【祖靈之界】參與生死大戰。這兩人就好像《向左走向右走》的主角一樣，擦肩而過。

來到臺中，在沒有任何線索的情況之下，要找一個人，可比大海撈針。在臺灣無依無靠的公孫靜，此刻也求助無門。她只能憑著自己手中的「夏禹劍」與軒轅劍的感應，漫無目的的在臺中這個大都會區裡，執行這個不可能的任務。

到了這個時候，她的盤纏已經快要用罄，要不是因為身為侍劍，祖宗遺訓交代自己一定要找到陳佐維，公孫靜或許早就放棄。

皇天不負苦心人。就在公孫靜來到山上，經過一間小土地公廟，想要進去休息、順便問卦求心安的時候，她終於感受到一絲軒轅劍留下的靈氣。接著，一路找到這裡。

這裡就是當初陳佐維在黑熊媽媽的幫助下，打出黃金劍氣消滅山鬼的地方。而這道劍痕，正是黃金劍氣所刻下。

這是一個線索，但線索到這裡，就又斷了。

就算公孫靜的修為再高，再怎樣心如止水，好不容易找到的線索竟然斷得如此乾脆，就跟當初那陳佐維橫空出世又消失無蹤一樣，讓她很難得的感到心煩。

「嘻嘻嘻嘻……這裡有個看起來好美味的小丫頭啊！」

就在這個時候，一道音調陰陽怪氣的聲音自公孫靜身後傳來。公孫靜回頭一看，就看到一隻白色的猴……

這白色猴子也登場太多次了吧！這個故事是沒有其他妖魔鬼怪可以派出場了嗎？導演出來面對啊！

這隻白色的猴子對公孫靜發出笑聲，肚子也發出如雷的叫聲。

在現代這個魔法師橫行霸道、小朋友又被要求不要隨便往山上跑的年代，山鬼的食物來源越來越少。好不容易碰上一個看起來像是迷路的登山客，又是肉質最細嫩的未成年少女，這山鬼怎麼可能放過她？

但很可惜，山鬼的運氣實在很差。因為牠挑錯對象了。

就在山鬼有動作的那一瞬間，公孫靜右手馬上比出劍指，隨手一揮就揮出一道黃金劍氣，狠狠的劈中山鬼的肚子。前後不過一秒，山鬼就成了無數金色的碎片。

收拾了山鬼，公孫靜算是出了口氣，心情也恢復了平靜。但在她轉身要離開這裡的時候，她卻看到了另外一個女孩。

這女孩本來並不在此處，但她出現的卻如此自然，一點都沒有憑空出現的感覺，就好像其實她比公孫靜還早來似的。

女孩長得很清秀，髮型也是普通的清湯掛麵造型。未施脂粉的臉上戴著一副粉色的粗框眼鏡，配上身上穿著的新北市某高中制服，看起來就像是個人畜無害的普通女學生。

女孩看公孫靜發現自己了，就笑咪咪的走向公孫靜，「謝謝妳幫我把山鬼打死耶！」

「山鬼？」公孫靜疑惑的問。

「剛才妳殺死的那個妖怪，叫做山鬼。本來有兩隻的，前陣子被人消滅了一隻。我還沒來得及跟他道謝，這第二隻就被妳消滅了。所以剛剛好，謝啦！美女！」

公孫靜一聽，頭也不回的用手指著山壁上的劍痕，問：「妳、妳知道這道劍痕是誰刻下的嗎？」

「不知道。」女孩聳聳肩，很乾脆的說：「我就說啦！我根本來不及向他道謝，意思就是說我沒看到他，他就走人啦！」

雖然表情上看不出來，公孫靜其實略微失望，點點頭說：「……是這樣啊。」

「沒關係啦！剛看妳面相，就知道妳在找人。哎呀哎呀～不然，為了答謝妳幫忙把山鬼殺死，我就幫幫妳吧！」

「……幫我？」

「對啊！」女孩笑著說：「尋人問卜占星測字，易經八卦河圖洛書，陰陽五行奇門遁甲。妳能碰上我也是有緣，妳又幫過我，那我就會報恩。所以啦！妳要不要跟我來？我可以幫妳找到妳要找的人喔！」

在始終找不到陳佐維的情況之下，公孫靜其實很著急，聽到女孩可以幫忙自己，她差點馬上答應要跟她走了。但臨行前，族長奶奶的叮嚀還言猶在耳，加上「軒轅神功」能讓自己時常保持在冷靜狀態，因此，冷靜下來後她便追問：「妳先說，我在找什麼人？」

「這個嘛，如果妳能給我名字，我很快就能找到答案。不過我看妳這樣的反應，應該是想要考考我吧？嘿嘿~本姑娘也不怕說！妳這次是奉上級、高層、家長甚至是祖宗或者之類的人的命令才會來找人。如果我沒有猜錯，妳心中其實也對這個命令感到懷疑，心裡相當矛盾。目前也只能講到這邊啦！反正我大概可以看得出來，妳跟妳在找的人的緣分還沒盡，你們遲早能碰到的。」

女孩一開口，雖然說的不完全對，但竟也說個十之八九。公孫靜心裡已然佩服的五體投地。

「請幫幫我……呃……」公孫靜話才剛開口，馬上省思覺得這樣非常無禮，便立即改口說：「我、我是侍劍，公孫靜。還沒請教妳是……」

「道家『建成仙人』的關門弟子，慕容雪。」女孩笑著自我介紹，抓抓頭說：「叫我阿雪就好了！請多多指教！我的道觀就在這附近的山上，請跟我走吧！侍劍小姐～」

公孫靜點點頭，跟著這位慕容雪一起離開了這裡。

而她的尋人之旅，也進入了全新的章節。

《現代魔法師02》全文完

敬請期待更精采的《現代魔法師03魔法師的傀儡之舞》

飛小說。
EVIL SOUL X
少年魔人傳說
邪貓靈/文 Lyoko/圖
不思議・新都市傳說——
一份謎樣的遺書，
兩個命運相依的少年，
三起連續殺人案……
究竟是傳說中的魔人現身？還是凶手另有其人？
當 急驚風的天兵犬少年 遇上 慢郎中的貓男偵探
一個讓人 驚聲奸笑 的神祕都市傳說，正式開幕！
全套三集，全國各大
書店、租書店、網路
書店持續熱賣中！
01謎樣的遺書
02都是情書惹的禍
03與魔女有約
華文聯合出版平台 www.book4u.com.tw
不思議工作室_
立即搜尋
典藏閣
采舍國際
www.silkbook.com
版權所有© Copyright 2013

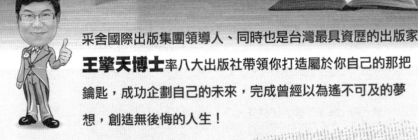

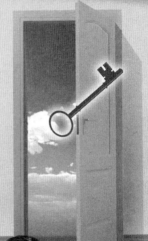

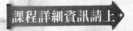

飛小說系列074

現代魔法師02

魔法師與祖靈的怒吼

飛小說。We Love Easyfly.

出版者■典藏閣
作　者■佐維　　繪　者■Riv
總編輯■歐綾纖

製作團隊■不思議工作室

郵撥帳號■50017206 采舍國際有限公司（郵撥購買，請另付一成郵資）
台灣出版中心■新北市中和區中山路2段366巷10號10樓
電　話■(02) 2248-7896　　傳　真■(02) 2248-7758
物流中心■新北市中和區中山路2段366巷10號3樓
電　話■(02) 8245-8786　　傳　真■(02) 8245-8718
ISBN■978-986-271-400-3
出版日期■2013年11月

全球華文國際市場總代理／采舍國際
地　址■新北市中和區中山路2段366巷10號3樓
電　話■(02) 8245-8786　　傳　真■(02) 8245-8718

新絲路網路書店
地　址■新北市中和區中山路2段366巷10號10樓
網　址■www.silkbook.com
電　話■(02) 8245-9896
傳　真■(02) 8245-8819

典藏閣不思議工作室2013安利美特animate限定版

只要符合以下條件，就有機會獲得【現代魔法師超萌毛巾】1條——

準備與泳裝萌妹子一起清涼一夏吧！

1. 即日起至2014年6月10日止，在**安利美特**購買**《現代魔法師》全套八集**。
2. 在書後回函信封處蓋上安利美特店章，或是影印安利美特購書發票。
3. 將全套8集的書後回函（加蓋店章）寄回；若採影印發票者，請一併寄回發票影本。

PS. 可以等購買完「全8集」後，再於2014年6月10日前，全部一次寄出。

☞您在什麼地方購買本書？☜

□便利商店__________ □安利美特 □其他網路書店__________

□書店__________市／縣__________書店

姓名：__________地址：____________________

聯絡電話：__________電子郵箱：____________________

您的性別：□男 □女 您的生日：__________年__________月__________日

（請務必填妥基本資料，以利贈品寄送）

您的職業：□上班族 □學生 □服務業 □軍警公教 □資訊業 □娛樂相關產業 □自由業 □其他__________

您的學歷：□高中（含高中以下） □專科、大學 □研究所以上

☞購買前☜

您從何處得知本書：□逛書店 □網路廣告（網站：__________） □親友介紹
（可複選） □出版書訊 □銷售人員推薦 □其他

本書吸引您的原因：□書名很好 □封面精美 □書腰文字 □封底文字 □欣賞作家
（可複選） □喜歡畫家 □價格合理 □題材有趣 □廣告印象深刻 □其他__________

☞購買後☜

您滿意的部份：□書名 □封面 □故事內容 □版面編排 □價格 □贈品
（可複選） □其他

不滿意的部份：□書名 □封面 □故事內容 □版面編排 □價格 □贈品
（可複選） □其他

您對本書以及典藏閣的建議____________________

✌未來您是否願意收到相關書訊？□是 □否

✍感謝您寶貴的意見✍

印刷品

$3.5
請貼
3.5元
郵票
不思議信箱
FUSIGI POST

235 新北市中和區中山路二段366巷10號10樓

華文網出版集團　收
（典藏閣－不思議工作室）

魔法師與祖靈的怒吼

現代魔法師 02